AF548070

GRöLS
Verlage

„Bücher sind wie Fallschirme. Sie nützen uns nichts, wenn wir sie nicht öffnen."

Gröls Verlag

Redaktionelle Hinweise und Impressum

Das vorliegende Werk wurde zugunsten der Authentizität sehr zurückhaltend bearbeitet. So wurden etwa ursprüngliche Rechtschreibfehler *nicht* systematisch behoben, denn kleine Unvollkommenheiten machen das Buch – wie im Übrigen den Menschen – erst authentisch. Mitunter wurden jedoch zum Beispiel Absätze behutsam neu getrennt, um den Lesefluss zu erleichtern.

Um die Texte zu rekonstruieren, werden antiquarische Bücher von Lesegeräten gescannt und dann durch eine Software lesbar gemacht. Der so entstandene Text wird von Menschen gegengelesen und korrigiert – hierbei treten auch Fehler auf. Wenn Sie ebenfalls antiquarische Texte einreichen möchten, finden Sie weitere Informationen auf www.groels.de

Viel Freude bei der Lektüre wünscht Ihnen das Team des Gröls-Verlags.

Adressen

Verleger: Sophia Gröls, Im Borngrund 26, 61440 Oberursel

Externer Dienstleister für Distribution & Herstellung: BoD, In de Tarpen 42, 22848 Norderstedt

Unsere „Edition | Werke der Weltliteratur“ hat den Anspruch, eine der größten und vollständigsten Sammlungen klassischer Literatur in deutscher Sprache zu sein. Nach und nach versammeln wir hier nicht nur die „üblichen Verdächtigen“ von Goethe bis Schiller, sondern auch Kleinode der vergangenen Jahrhunderte, die – zu Unrecht – drohen, in Vergessenheit zu geraten. Wir kultivieren und kuratieren damit einen der wertvollsten Bereiche der abendländischen Kultur. Kleine Auswahl:

Francis Bacon • Neues Organon • **Balzac** • Glanz und Elend der Kurtisanen • **Joachim H. Campe** • Robinson der Jüngere • **Dante Alighieri** • Die Göttliche Komödie • **Daniel Defoe** • Robinson Crusoe • **Charles Dickens** • Oliver Twist • **Denis Diderot** • Jacques der Fatalist • **Fjodor Dostojewski** • Schuld und Sühne • **Arthur Conan Doyle** • Der Hund von Baskerville • **Marie von Ebner-Eschenbach** • Das Gemeindekind • **Elisabeth von Österreich** • Das Poetische Tagebuch • **Friedrich Engels** • Die Lage der arbeitenden Klasse • **Ludwig Feuerbach** • Das Wesen des Christentums • **Johann G. Fichte** • Reden an die deutsche Nation • **Fitzgerald** • Zärtlich ist die Nacht • **Flaubert** • Madame Bovary • **Gorch Fock** • Seefahrt ist not! • **Theodor Fontane** • Effi Briest • **Robert Musil** • Über die Dummheit • **Edgar Wallace** • Der Frosch mit der Maske • **Jakob Wassermann** • Der Fall Maurizius • **Oscar Wilde** • Das Bildnis des Dorian Grey • **Émile Zola** • Germinal • **Stefan Zweig** • Schachnovelle • **Hugo von Hofmannsthal** • Der Tor und der Tod • **Anton Tschechow** • Ein Heiratsantrag • **Arthur Schnitzler** • Reigen • **Friedrich Schiller** • Kabale und Liebe • **Nicolo Machiavelli** • Der Fürst • **Gotthold E. Lessing** • Nathan der Weise • **Augustinus** • Die Bekenntnisse des heiligen Augustinus • **Marcus Aurelius** • Selbstbetrachtungen • **Charles Baudelaire** • Die Blumen des Bösen • **Harriett Stowe** • Onkel Toms Hütte • **Walter Benjamin** • Deutsche Menschen • **Hugo Bettauer** • Die Stadt ohne Juden • **Lewis Caroll** • *und viele mehr….*

Arthur Schnitzler

Professor Bernhardi

Komödie in fünf Akten

Zuerst aufgeführt

1912

Inhalt

Personen

Dr. Bernhardi, Professor für interne Medizin, Direktor des Elisabethinums

Dr. Ebenwald, Professor für Chirurgie, / am Elisabethinum Vizedirektor

Elisabethinum:

Dr. Cyprian, Professor für Nervenkrankheiten

Dr. Pflugfelder, Professor für Augenkrankheiten

Dr. Filitz, Professor für Frauenkrankheiten

Dr. Tugendvetter, Professor für Hautkrankheiten

Dr. Löwenstein, Dozent für Kinderkrankheiten

Dr. Schreimann, Dozent für Halskrankheiten

Dr. Adler, Dozent für pathologische Anatomie

Dr. Oskar Bernhardi Assistent Bernhardis

Dr. Kurt Pflugfelder Assistent Bernhardis

Dr. Wenger, Assistent Tugendvetters

Hochroitzpointner, Kandidat der Medizin

Ludmilla, Krankenschwester

Professor Dr. Flint, Unterrichtsminister

Hofrat Dr. Winkler, im Unterrichtsministerium

Franz Reder, Pfarrer der Kirche zum Heiligen Florian

Dr. Goldenthal, Verteidiger

Dr. Feuermann, Bezirksarzt in Oberhollabrunn

Kulka, ein Journalist

Ein Diener bei Bernhardi

Ein Diener im Elisabethinum

Ein Diener im Unterrichtsministerium

Wien um 1900

Erster Akt

Ein mäßiger Vorraum, der zu einem Krankenzimmer führt. Rechts eine Türe auf den Gang. Im Hintergrund Türe ins Krankenzimmer. Links ein ziemlich breites Fenster. In der Mitte mehr links ein länglicher Tisch, auf dem ein dickes Protokollbuch liegt, außerdem Mappen mit Krankengeschichten, Aktenstücke und allerlei Papiere. Neben der Eingangstüre ein Kleiderrechen. In dem Winkel rechts ein eiserner Ofen. Neben dem Fenster eine breite Etagère, zu oberst ein Ständer mit Eprouvetten; daneben einige Medizinflaschen. In den unteren Fächern Bücher und Zeitschriften. Neben der Mitteltüre beiderseits je ein geschlossener Schrank. An dem Kleiderrechen hängt ein weißer Kittel, ein Mantel, ein Hut. Über der Etagère eine ziemlich alte Photographie, das Professorenkollegium darstellend. Einige Sessel nach Bedarf.

Schwester Ludmilla, etwa 28, leidlich hübsch, blaß, mit großen, manchmal etwas schwimmenden Augen, eben an der Etagère beschäftigt. Aus dem Krankensaal kommt Hochroitzpointner, 25jähriger junger Mensch, mittelgroß, dick, kleiner Schnurrbart, Schmiß, Zwicker, blaß, das Haar sehr geschniegelt.

Hochroitzpointner. Der Professor ist noch immer nicht da? Lang' brauchen die heut' unten. *(An den Tisch, eine der Mappen aufschlagend.)* Das ist jetzt die dritte Sektion in acht Tagen. Alles mögliche für eine Abteilung von zwanzig Betten. Und morgen haben wir wieder eine.

Schwester. Glauben Herr Doktor? Die Sepsis?

Hochroitzpointner. Ja. Ist übrigens die Anzeige gemacht?

Schwester. Natürlich, Herr Doktor.

Hochroitzpointner. Nachweisbar ist ja nichts gewesen. Aber es war sicher ein verbotener Eingriff. Ja, Schwester, da draußen in der Welt kommen allerlei Sachen vor. *(Er bemerkt ein geöffnetes Paket, das auf dem Tisch liegt.)* Ah, da sind ja die Einladungen zu unserm Ball. *(Liest.)* Unter dem Protektorate der Fürstin Stixenstein. Na, werden Sie auch auf unsern Ball kommen, Schwester?

Schwester *(lächelnd)*. Das wohl nicht, Herr Doktor.

Hochroitzpointner. Ist es Ihnen denn verboten zu tanzen?

Schwester. Nein, Herr Doktor, Wir sind ja kein geistlicher Orden. Uns ist gar nichts verboten.

Hochroitzpointner *(mit pfiffigem Blick auf sie)*. So, gar nichts?

Schwester. Aber es möcht' sich doch nicht schicken. Und außerdem, man hat doch nicht den Kopf drauf in unserm Beruf.

Hochroitzpointner. Ja, warum denn? Was sollten denn dann wir sagen, wir Ärzte! Schaun Sie sich zum Beispiel den Doktor Adler an. Der ist gar pathologischer Anatom und ein sehr fideler Herr. Übrigens, ich bin auch nirgends besser aufgelegt als im Seziersaal.

Dr. Oskar Bernhardi von rechts, 25 Jahre, recht elegant, von zuvorkommendem, aber etwas unsicherem Benehmen. Hochroitzpointner, Schwester.

Oskar. Guten Morgen.

Hochroitzpointner und Schwester. Guten Morgen, Herr Assistent.

Oskar. Der Papa wird gleich da sein.

Hochroitzpointner. Also schon aus unten, Herr Assistent? Was ist denn konstatiert worden, wenn man fragen darf?

Oskar. Von der Niere ist der Tumor ausgegangen und war ganz scharf umgrenzt.

Hochroitzpointner. Also hätt' man eigentlich noch operieren können?

Oskar. Ja, können. –

Hochroitzpointner. Wenn der Professor Ebenwald auch daran geglaubt hätte –

Oskar. – hätten wir die Sektion um acht Tage früher gehabt. *(Am Tisch.)* Ah, da sind ja die Drucksorten von unserm Ball. Warum einem die Leute das daherschicken ...?!

Hochroitzpointner. Der Ball des Elisabethinums verspricht heuer eines der elegantesten Karnevalsfeste der Saison zu werden. Steht schon in der Zeitung. Herr Assistent haben ja dem Komitee einen Walzer gewidmet, wie man hört. –

Oskar *(abwehrend)*. Aber – *(zum Krankensaal hin)*. Was Neues da drin?

Hochroitzpointner. Mit der Sepsis geht's zu Ende.

Oskar. Na ja ... *(bedauernd)* Da war nichts zu machen.

Hochroitzpointner. Ich hab' ihr eine Kampferinjektion gegeben.

Oskar. Ja, die Kunst, das Leben zu verlängern, die verstehen wir aus dem Effeff.

Von rechts Professor Bernhardi, über fünfzig, graumelierter Vollbart, schlichtes, nicht zu langes Haar, im Gehaben mehr vom Weltmann als vom Gelehrten. Doktor Kurt Pflugfelder, sein erster Assistent, 27, Schnurrbart, Zwicker, lebhaft und zugleich etwas streng im Wesen. Hochroitzpointner, Schwester, Oskar. Begrüßung.

Bernhardi. *(noch an der Türe)*. Aber –

Schwester *nimmt ihm den Überzieher ab, den er umgehängt trägt, und hängt ihn an einen Haken.*

Kurt. Also, ich kann mir nicht helfen, Herr Professor, dem Doktor Adler wäre es ja doch lieber gewesen, wenn die Diagnose des Professor Ebenwald gestimmt hätte.

Bernhardi. *(lächelnd)*. Aber, lieber Doktor Pflugfelder! Überall wittern Sie Verrat. Wo werden Sie noch hinkommen mit Ihrem Mißtrauen?

Hochroitzpointner. Guten Morgen, Herr Professor.

Bernhardi. Guten Morgen.

Hochroitzpointner. Höre eben von Herrn Doktor Oskar, daß wir recht behalten haben.

Bernhardi. Ja, Herr Kollege. Aber „wir" haben doch zugleich unrecht behalten? Oder hospitieren Sie nicht mehr bei Professor Ebenwald?

Oskar. Der Doktor Hochroitzpointner hospitiert ja beinahe auf allen Abteilungen.

Bernhardi. Da müssen Sie viele Patriotismen auf Lager haben.

Hochroitzpointner *bekommt schmale Lippen.*

Bernhardi. *(ihm die Hand leicht auf die Schulter legend, freundlich)*. Na, also was gibt's denn Neues?

Hochroitzpointner. Der Sepsis geht's recht schlecht.

Bernhardi. So lebt also das arme Mädel noch?

Kurt. Die hätten sie sich auch auf der gynäkologischen Abteilung behalten können.

Oskar. Sie haben vorgestern grad kein Bett freigehabt.

Hochroitzpointner. Was werden wir denn eigentlich als Todesursache angeben?

Oskar. Na, Sepsis natürlich.

Hochroitzpointner. Und Ursache der Sepsis? Weil's ja doch wahrscheinlich ein verbotener Eingriff war –

Bernhardi. *(der unterdessen am Tisch einige Schriftstücke unterzeichnet hat, die ihm die Schwester vorlegte).* Das konnten wir nicht nachweisen. Eine Verletzung war nicht zu konstatieren. Die Anzeige ist erstattet, damit ist für uns die Sache erledigt. Und für die arme Person drin ... war sie's schon früher.

(Er steht auf und will sich in den Krankensaal begeben.)

Professor Ebenwald kommt, sehr großer, schlanker Mensch, gegen 40, umgehängter Überzieher, kleiner Vollbart, Brille, redet bieder und mit einem zuweilen etwas übertriebenen österreichischen Akzent. Hochroitzpointner, Schwester, Oskar, Prof. Bernhardi, Kurt.

Ebenwald. Guten Morgen. Ist vielleicht – Ah, da sind Sie ja, Herr Direktor.

Bernhardi. Guten Tag, Herr Kollege.

Ebenwald. Haben Herr Direktor eine Minute Zeit für mich?

Bernhardi. Jetzt?

Ebenwald *(näher zu ihm).* Wenn es möglich wäre. Es ist nämlich wegen der Neubesetzung der Abteilung Tugendvetter.

Bernhardi. Eilt das gar so? Wenn Herr Kollege mich vielleicht in einer halben Stunde in der Kanzlei –

Ebenwald. Ja, wenn ich da nicht grad meinen Kurs hätte, Herr Direktor.

Bernhardi. *(nach kurzer Überlegung).* Ich bin drin bald fertig. Wenn Sie sich vielleicht hier gedulden wollen, Herr Kollege.

Ebenwald. Bitte, bitte.

Bernhardi. *(zu Oskar).* Hast du dem Doktor Hochroitzpointner das Sektionsprotokoll schon gegeben?

Oskar. Ja, richtig. *(Nimmt es aus seiner Tasche.)* Sie sind vielleicht so gut, Herr Kollege, und tragen es gleich ein.

Hochroitzpointner. Bitte. *(Bernhardi, Oskar, Kurt, Schwester in den Krankensaal. Ebenwald, Hochroitzpointner.)*

Hochroitzpointner *setzt sich und macht sich bereit zu schreiben.*

Ebenwald *ist zum Fenster gegangen, schaut hinunter, wischt sich die Brille.*

Hochroitzpointner *(beflissen)*. Wollen Herr Professor nicht Platz nehmen.

Ebenwald. Lassen Sie sich nicht stören, Hochroitzpointner. Na, wie geht's denn immer?

Hochroitzpointner *(sich erhebend)*. Danke bestens, Herr Professor. Wie's halt geht, ein paar Wochen vor dem letzten Rigorosum.

Ebenwald. Na, es wird Ihnen schon nix g'schehn – bei Ihrem Fleiß.

Hochroitzpointner. Ja, praktisch fühle ich mich leidlich sicher, aber die graue Theorie, Herr Professor.

Ebenwald. Ah so. Na, war auch nie meine starke Seite. *(Näher zu ihm.)* Wenn es Sie beruhigt, bin seinerzeit aus der Physiologie sogar durchgesaust. Sie sehen, es schad't der Karriere nicht besonders.

Hochroitzpointner, *der sich niedergesetzt hat, lacht erfreut.*

Ebenwald *(Hochroitzpointner über die Schulter schauend)*. Sektionsprotokoll.

Hochroitzpointner. Jawohl, Herr Professor.

Ebenwald. Große Freude in Israel – wie?

Hochroitzpointner *(unsicher)*. Wie meinen, Herr Professor?

Ebenwald. Na, weil die Abteilung Bernhardi triumphiert hat.

Hochroitzpointner. Ah, Herr Professor meinen, daß der Tumor abgegrenzt war.

Ebenwald. Und ist ja tatsächlich von der Niere ausgegangen.

Hochroitzpointner. Aber mit absoluter Sicherheit war das doch eigentlich nicht zu konstatieren. Es war doch mehr, wenn ich so sagen darf, ein Raten.

Ebenwald. Aber Hochroitzpointner, raten –! Wie können Sie nur –! Intuition heißt man das! Diagnostischen Scharfblick!

Hochroitzpointner. Und zu operieren wär's doch keinesfalls mehr gewesen.

Ebenwald. Ausgeschlossen. Das können sich die drüben im Krankenhaus erlauben, solche Experimente, aber wir, in einem verhältnismäßig jungen, sozusagen privaten Institut – Wissen S', lieber Kollega, es gibt so Fälle, wo immer nur die Internisten fürs Operieren sind. Dafür operieren wir ihnen dann immer zuviel. – Aber schreiben S' nur weiter.

Hochroitzpointner *beginnt zu schreiben.*

Ebenwald. Ja richtig, entschuldigen Sie, daß ich Sie noch einmal störe. Sie hospitieren doch natürlich auch auf der Abteilung Tugendvetter?

Hochroitzpointner. Jawohl, Herr Professor.

Ebenwald. Ich möcht Sie nämlich im Vertrauen fragen. Wie tragt denn eigentlich der Doktor Wenger vor?

Hochroitzpointner. Der Doktor Wenger?

Ebenwald. Na ja, er suppliert doch den Alten öfters, wenn der grad dringend auf die Jagd fahren muß oder zu einem ang'steckten Fürsten geholt wird.

Hochroitzpointner. Ja freilich, da tragt dann der Doktor Wenger vor.

Ebenwald. Also, wie tragt er denn vor?

Hochroitzpointner *(unsicher)*. Eigentlich ganz gut.

Ebenwald. So.

Hochroitzpointner. Vielleicht etwas zu – zu gelehrt. Aber recht lebendig. Freilich – aber, ich darf mir vielleicht nicht erlauben, über einen künftigen Chef –

Ebenwald. Wieso künftiger Chef? Das ist noch gar nicht entschieden. Sind auch andere da. Und im übrigen, das ist doch ein Privatgespräch. Wir könnten grad so gut im Riedhof drüben miteinander sitzen und plaudern. Na, reden Sie nur. Was haben Sie gegen den Doktor Wenger? Volkes Stimme, Gottes Stimme.

Hochroitzpointner. Also, gegen seinen Vortrag hab ich eigentlich weniger, aber so seine ganze Art. Wissen, Herr Professor, so ein bißchen präponderant ist er halt in seinem Wesen.

Ebenwald. Aha. Das, worauf Sie da anspielen, ist wahrscheinlich identisch mit dem, lieber Kollege, was mein Vetter neulich im Parlament so zutreffend den „Jargon der Seele" genannt hat.

Hochroitzpointner. Ah, sehr gut. Jargon der Seele. *(Couragiert.)* Den andern hat er aber auch, der Doktor Wenger.

Ebenwald. Das möcht nix machen. Wir leben schon einmal in einem Reich der Dialekte.

(Bernhardi, Oskar, Kurt und Schwester aus dem Krankenzimmer.)

Bernhardi. So, da bin ich, Herr Kollega.

Schwester *legt ihm ein Blatt zum Unterschreiben vor.*

Bernhardi. Was ist denn? Noch was? Ah so. Also, entschuldigen Sie noch einen Moment, Herr Kollega. *(Während er unterschreibt.)* Es wirkt doch immer wieder erstaunlich. – *(Zu Ebenwald.)* Da haben wir nämlich drin eine Sepsis liegen. Achtzehnjähriges Mädel. Vollkommen bei Bewußtsein. Möcht aufstehen, spazieren gehen, hält sich für ganz gesund. Und der Puls nicht mehr zu zählen. In einer Stunde kann's aus sein.

Ebenwald *(fachlich)*. Das sehen wir öfters.

Hochroitzpointner *(beflissen)*. Soll ich ihr vielleicht noch eine Kampferinjektion geben?

Bernhardi. *(ihn ruhig ansehend)*. Sie hätten sich die frühere auch schon ersparen können. *(Ihn beruhigend.)* Vielleicht übrigens, daß Sie ihr die glücklichste Stunde ihres Leben verschafft haben. Na, ich weiß, auch das war nicht Ihre Absicht.

Hochroitzpointner *(irritiert)*. Ja, warum denn, Herr Direktor? Man ist ja am End auch kein Fleischhacker.

Bernhardi. Ich erinnere mich nicht, Ihnen einen Vorwurf dieser Art gemacht zu haben.

(Blick zwischen Hochroitzpointner und Ebenwald.)

Bernhardi. *(zur Schwester)*. Hat sie Verwandte?

Schwester. Es ist in den drei Tagen niemand dagewesen.

Bernhardi. Auch ihr Liebhaber nicht?

Kurt. Der wird sich hüten.

Oskar. Sie hat ihn nicht einmal genannt. Wer weiß, ob sie ihn beim Namen kennt.

Bernhardi. Und so was hat dann auch einmal Liebesglück geheißen. *(Zu Ebenwald.)* Also, ich stehe zur Verfügung, Herr Kollega.

Oskar. Pardon, Papa, kommst du dann noch einmal herauf? Weil sie dich ja so gebeten hat.

Bernhardi. Ja, ich schau noch einmal her.

Kurt *ist zu der Etagère gegangen, hat sich dort mit zwei Eprouvetten zu schaffen gemacht.*

Oskar *tritt zu ihm hin, sie sprechen miteinander, gehen bald darauf wieder ins Krankenzimmer.*

Schwester *(zu Hochroitzpointner)*. Ich geh jetzt hinüber, Seine Hochwürden holen.

Hochroitzpointner. Ja gehen S' nur. Wenn S' zu spät kommen, ist's auch kein Malheur.

Schwester *ab.*

Hochroitzpointner *nimmt sich einige Krankengeschichten aus einem Faszikel und begibt sich in das Krankenzimmer. Ebenwald, Bernhardi.*

Ebenwald *(der sehr ungeduldig geworden ist)*. Also, die Sache ist nämlich die, Herr Direktor. Ich habe von Professor Hell aus Graz einen Brief bekommen, er wäre geneigt, eine Wahl als Nachfolger von Tugendvetter anzunehmen.

Bernhardi. Ah, er wäre geneigt.

Ebenwald. Jawohl, Herr Direktor.

Bernhardi. Hat ihn wer gefragt?

Ebenwald. Ich war so frei – als alter Freund und Studienkollege.

Bernhardi. Sie haben aber doch privat an ihn geschrieben?

Ebenwald. Selbstverständlich, Herr Direktor. Da ja vorläufig kein Beschluß vorliegt. Immerhin hielt ich mich für berechtigt, um so mehr, da mir bekannt ist, daß auch Professor Tugendvetter der Kandidatur von Hell mit einiger Sympathie gegenübersteht.

Bernhardi *(etwas scharf)*. Professor Tugendvetter tritt seine neue Stellung am Krankenhaus erst zu Beginn des Sommersemesters an. Unsere Unterhaltung über diesen Gegenstand – und wenn ich mir eine Bemerkung erlauben darf, auch Ihr Briefwechsel, Herr Kollega, mit Professor Hell erscheint mir daher ein wenig verfrüht. Und wir brauchen um so weniger uns in dieser Angelegenheit zu überstürzen, als der bisherige Assistent von Tugendvetter, Doktor Wenger, schon einigemal seine Eignung, die Stelle wenigstens zu supplieren, in vorzüglicher Weise dargetan hat.

Ebenwald. Ich möchte nicht verfehlen, in diesem Zusammenhange meiner prinzipiellen Abneigung gegen Provisorien Ausdruck zu geben.

Prof. Tugendvetter von rechts, etwa fünfzig, grau, Bartkoteletten, im Gehaben etwas Joviales, absichtlich Humoristisches, dabei Unsicheres und Beifallhaschendes, sieht im ganzen weniger einem Gelehrten als einem Börsenmann ähnlich. Kommt mit dem Hut auf dem Kopf, den er erst nach einigen Sekunden abnimmt. Ebenwald, Bernhardi.

Tugendvetter. Guten Morgen. Servus, Bernhardi. Grüß Sie Gott, Ebenwald. Ich hab dich schon oben gesucht, Bernhardi.

Ebenwald. Ich störe vielleicht –

Tugendvetter. Aber gar keine Idee. Keine Geheimnisse.

Bernhardi. Also, was gibt's denn? Du hast mich zu sprechen?

Tugendvetter. Die Sache ist nämlich die. Seine Exzellenz, der Unterrichtsminister, hat bei mir angefragt, ob ich in der Lage wäre, die Klinik drüben unverzüglich zu übernehmen.

Bernhardi. Unverzüglich?

Tugendvetter. Sobald als möglich.

Bernhardi. Es hieß doch, daß Brunnleitner die Klinik bis zu Beginn des Sommersemesters weiterführt.

Tugendvetter. Hat um Urlaub angesucht. Armer Teufel. Sechs Perzent Zucker. Letzte Tage von Pompeji. Wie?

(Er hat die Gewohnheit, manchen Sätzen, insbesondere Zitaten, ein solches gedankenlos fragendes Wie? anzufügen.)

Bernhardi. Woher weißt du das? Ist das authentisch?

Tugendvetter. Authentisch? Wenn es mir Flint selber gesagt hat. Ich war nämlich gestern im Ministerium. Sie sollen mir doch einen neuen Pavillon bauen. Ich krieg ihn auch. Er läßt dich übrigens schön grüßen.

Bernhardi. Wer läßt mich grüßen?

Tugendvetter. Flint. Wir haben viel über dich gesprochen. Er hält große Stücke auf dich. Er erinnert sich noch mit Vergnügen der Zeit, wo ihr zusammen bei Rappenweiler Assistenten wart. Seine Worte. Ipsissima verba. Was, das ist eine Karriere. Der erste Fall seit Menschengedenken, wenigstens in Österreich, daß ein klinischer Professor Unterrichtsminister wird!

Bernhardi. Er war immer ein guter Politiker, dein neuester Freund Flint.

Tugendvetter. Er interessiert sich sehr für unser, für euer, nein, vorläufig noch für unser Institut.

Bernhardi. Das ist mir nicht unbekannt. Er hat's doch einmal aus lauter Interesse ruinieren wollen.

Tugendvetter. Das war nicht er. Das war das ganze Kollegium. Es war der Kampf der Alten gegen die Jungen. Und das ist doch alles längst vorbei. Ich versichere dich, Bernhardi, er steht dem Elisabethinum mit der größten Sympathie gegenüber.

Bernhardi. Worauf wir ja zur Not heute schon verzichten könnten, Gott sei Dank.

Tugendvetter. Stolz lieb ich den Spanier, wie?

Bernhardi. Im übrigen, mich interessiert ja vorläufig nur, wie du dich seiner Anfrage gegenüber verhalten hast.

Tugendvetter. Ich habe mich da gar nicht zu verhalten. *(Humoristisch.)* Herr Direktor haben hierüber zu entscheiden. Erst wenn du mir privatim deine Zustimmung zu erkennen gibst, werde ich bei der Direktion mein Gesuch einbringen. Auch was Geschriebenes forderst du, Pedant, wie?

Bernhardi. Wir werden dich natürlich nicht einen Tag länger halten, als du bleiben willst. Ich verspreche dir, die Angelegenheit kurzerhand zu erledigen. Glücklicherweise hast du ja einen sehr tüchtigen Assistenten, der bis auf weiteres deine Abteilung in deinem Geiste weiterführen wird.

Tugendvetter. Der kleine Wenger, ja. Tüchtiger Bursch. Ja. Aber lang werdet ihr ihn doch nicht supplieren lassen?

Ebenwald. Ich habe mir eben auch zu bemerken erlaubt, daß ich Provisorien im allgemeinen für eine ungesunde Sache halte, und war so frei, von einem an mich gelangten Brief des Professor Hell aus Graz Mitteilung zu machen, der bereit wäre –

Tugendvetter. So. Mir hat er auch schon geschrieben.

Bernhardi. Na, er scheint ja ein ganz rühriger Herr zu sein.

Tugendvetter *(mit kurzem Blick auf Ebenwald)*. Du, Bernhardi, mit Hell würde euer Institut eine famose Akquisition machen.

Bernhardi. Da scheint er sich ja in Graz glänzend entwickelt zu haben. Solang er in Wien war, hat man ihn für einen recht unfähigen Patron gehalten.

Tugendvetter. Wer?

Bernhardi. Du zum Beispiel. Und wir wissen doch alle, wem er die seinerzeitige Berufung nach Graz verdankt hat. Nur gewissen Einflüssen von oben.

Ebenwald. Es ist ja schließlich auch keine Schand, wenn einer einen Prinzen gesund gemacht hat.

Bernhardi. Ich nehm's ihm auch nicht übel. Aber die ganze Karriere sollte nicht von solch einem Einzelfall abhängen. Und seine wissenschaftlichen Leistungen –

Tugendvetter. Entschuldige, auf dem Gebiet dürfte ich doch besser orientiert sein. Er hat einige vorzügliche Arbeiten veröffentlicht.

Bernhardi. Mag sein. Jedenfalls entnehme ich aus dem allen, daß du selbst für deine Nachfolge lieber Hell in Vorschlag brächtest, als deinen Assistenten und Schüler Wenger.

Tugendvetter. Wenger ist zu jung. Ich bin überzeugt, er selber denkt nicht daran.

Bernhardi. Da hätte er unrecht. Seine letzte Serumarbeit macht allgemeines Aufsehen.

Ebenwald. Sensation, Herr Direktor. Das ist nicht dasselbe.

Tugendvetter. Er hat Talent. Gewiß hat er Talent. Aber was die Verläßlichkeit seiner Experimente anbelangt –

Ebenwald *(einfach)*. Es gibt Leute, die ihn – sagen wir für einen Phantasten halten.

Tugendvetter. Das geht zu weit. Übrigens kann ich niemanden hindern, seine Kandidatur anzumelden. Weder Hell noch Wenger.

Bernhardi. Aber, ich mache dich aufmerksam, für einen von beiden wirst du dich entscheiden müssen.

Tugendvetter. Von mir hängt es doch nicht ab? Ich ernenne doch nicht meinen Nachfolger.

Bernhardi. Aber du wirst dich an der Abstimmung beteiligen. Das Schicksal deiner einstigen Abteilung und unseres Institutes wird dich hoffentlich noch so weit interessieren.

Tugendvetter. Das will ich glauben. Das wär wirklich nicht schlecht. Wir haben es doch gegründet, das Elisabethinum, *(zu Ebenwald)* Bernhardi, ich und Cyprian. Es ritten drei Reiter zum Tore hinaus, – wie? Wie lang ist es jetzt her?

Bernhardi. Fünfzehn Jahre sind es, lieber Tugendvetter.

Tugendvetter. Fünfzehn Jahre, eine schöne Zeit. Beim Himmel, leicht wird es mir nicht werden. Du, Bernhardi, ließe es sich nicht vielleicht machen für den Anfang, daß ich zugleich hier und im allgemeinen Krankenhaus –

Bernhardi. *(bestimmt).* Absolut nicht. An dem Tag, wo du drüben deine Stelle antrittst, werde ich selbstverständlich deinen bisherigen Assistenten mit der Supplierung betrauen.

Ebenwald. Dann werde ich aber bitten, die Beratung über die definitive Neubesetzung in den allernächsten Tagen anzuberaumen.

Bernhardi. Weshalb, wenn ich fragen darf? Das sähe ja beinahe aus, als wollten wir Wenger geradezu verhindern, durch ein paar Monate hindurch seine Lehrfähigkeit zu erproben.

Ebenwald. Ich bezweifle, daß das Elisabethinum als Vortragsschule für junge Dozenten gegründet worden ist.

Bernhardi. Wollen Sie alles weitere getrost mir überlassen, Herr Kollega Ebenwald. Sie werden ja zugeben, daß bisher in unserm Institut noch nichts überflüssig aufgeschoben, aber auch noch nichts leichtfertig überstürzt worden ist.

Ebenwald. Die Insinuation, als wäre vielleicht von meiner Seite zu Überstürzung oder gar zu leichtfertiger Überstürzung aufgefordert worden, gestatte ich mir als unzutreffend zurückzuweisen.

Bernhardi *(lächelnd).* Ich nehme es zur Kenntnis.

Ebenwald *(auf die Uhr sehend).* Muß auf meine Abteilung. Habe die Ehre, meine Herren.

Bernhardi. Ich muß ja auch endlich in die Kanzlei. *(Läßt Ebenwald den Vortritt.)* Bitte sehr, Herr Kollega, Ihre Hörer warten schon.

Tugendvetter. Ich sei, gewährt mir die Bitte – wie?

Ebenwald *(trifft in der Türe mit dem Dozenten Adler zusammen).* Habe die Ehre. *(Ab.)*

Dr. Adler kommt, klein, schwarz, frisch, lebhaft, glühende Augen, Schmiß, etwa dreißig Jahre alt, in weißem Seziermantel. Bernhardi, Tugendvetter.

Adler. Habe die Ehre.

Bernhardi. Was führt Sie in das Bereich der Lebendigen, Doktor Adler?

Adler. Ich wollte wegen Ihres Falles noch in der Krankengeschichte etwas nachsehen, Herr Direktor.

Bernhardi. Steht Ihnen alles zur Verfügung.

Adler. Schade übrigens, Herr Direktor, daß Sie jetzt nicht unten waren. Ein Fall von der Abteilung Cyprian. Denken Sie, abgesehen von der Tabes, die diagnostiziert war, ein beginnender Tumor im Kleinhirn, der gar keine Erscheinungen gemacht haben soll.

Bernhardi. Nein, wenn man denkt, daß manche Leute sozusagen gar nicht dazu kommen, alle ihre Krankheiten zu erleben, man möchte an der Vorsehung irre werden.

Oskar *(aus dem Krankensaal, zu Tugendvetter)*. Habe die Ehre, Herr Professor.

Tugendvetter. Servus, Oskar. Habe schon gehört, Tonkünstler. „Rasche Pulse". Widmungswalzer.

Oskar. Aber ich bitte Sie, Herr Professor –

Bernhardi. Was, du hast schon wieder was komponiert, und ich weiß gar nichts davon? *(Zieht ihn scherzend am Ohr.)* Na, kommst du mit?

Oskar. Ja. Ich geh ins Laboratorium.

Tugendvetter. Väter und Söhne – wie?

(Tugendvetter, Bernhardi und Oskar ab. Hochroitzpointner aus dem Krankensaal. Adler, Hochroitzpointner.)

Hochroitzpointner. Habe die Ehre, Herr Dozent.

Adler. Servus, Herr Kollega. Ich möcht Sie bitten, ob ich nicht noch einen Blick in die Krankengeschichte machen könnt.

Hochroitzpointner. Bitte sehr, Herr Dozent.

(Er nimmt das Blatt aus einer Mappe.)

Adler. Danke sehr, lieber Doktor Hochroitz – wie? –

Hochroitzpointner. Hochroitzpointner.

Adler *(setzt sich an den Tisch)*. Einen Namen haben Sie.

Hochroitzpointner. Vielleicht nicht schön?

Adler *(über der Krankengeschichte)*. Aber prachtvoll. Man denkt gleich an Bergesgipfel, Gletschertouren. Sie sind ja aus Tirol, Herr Doktor, nicht wahr?

Hochroitzpointner. Jawohl. Aus Imst.

Adler. Ah, aus Imst. Von dort aus hab ich als Student eine wunderschöne Tour gemacht. Auf den Wetterfernkogel.

Hochroitzpointner. Da haben s' im vorigen Jahr eine Hütten hinaufgebaut.

Adler. Überall bauen sie jetzt schon Hütten. *(Wieder über der Krankengeschichte.)* Die ganze Zeit kein Albumen?

Hochroitzpointner. Absolut nicht. Es ist täglich untersucht worden.

Kurt *(ist aus dem Krankenzimmer gekommen)*. Die letzten Tage ist Albumen aufgetreten. Sogar in beträchtlichen Mengen.

Hochroitzpointner. Jawohl, in den letzten drei Tagen allerdings.

Adler. Aha, da steht es ja.

Hochroitzpointner. Natürlich, es steht ja drin.

Adler *(zu Kurt)*. Wie geht's denn dem Herrn Papa? Der laßt sich bei uns unten ja gar nicht sehen. *(Über der Krankengeschichte.)* Also bei euch ist er nur acht Tage gelegen?

Hochroitzpointner. Ja. Vorher war er beim Professor Ebenwald. Aber da es ein inoperabler Fall war –

Adler. Als Diagnostiker ist er wirklich ersten Ranges, euer Chef, da kann man sagen, was man will.

Kurt *(lächelnd)*. Was will man denn sagen?

Adler. Wieso?

Kurt. Nun, weil Herr Dozent äußern: Da kann man sagen, was man will.

Adler *(etwas süß)*. Was sind S' denn so streng mit mir, Doktor Pflugfelder? Ich hab halt gemeint, daß eure Hauptstärke in der Diagnose liegt, nicht so sehr in der Therapie. Da experimentiert ihr doch verdammt viel herum, meiner unmaßgeblichen Ansicht nach.

Kurt. Ja, Herr Dozent, was sollen wir denn tun auf der Internen? Man muß doch die neuen Mittel versuchen, wenn die alten nicht mehr helfen.

Adler. Und morgen ist das neue schon wieder das alte. Ihr könnt's ja nichts dafür. Ich hab ja das auch einmal mitgemacht. Aber es ist schon verstimmend manchmal, daß man so im Dunkeln herumtappen muß. Das war ja der Grund, daß ich mich zur pathologischen Anatomie geflüchtet habe. Da ist man sozusagen der Oberkontrollor.

Kurt. Entschuldigen, Herr Dozent, es ist doch noch einer über Ihnen.

Adler. Aber der hat keine Zeit, sich um uns zu kümmern. Der ist zu sehr bei einer anderen Fakultät engagiert. *(Über der Krankengeschichte.)* Also Röntgen auch? Ja, glaubt's ihr denn wirklich, daß das in solchen Fällen –

Kurt. Wir fühlen uns verpflichtet, alles zu versuchen, Herr Dozent. Besonders, wo nichts mehr zu verlieren ist. Das ist keineswegs Phantasterei oder gar Reklamebedürfnis, wie von manchen Seiten behauptet wird, und man sollte es dem Professor nicht übelnehmen.

Adler. Wer nimmt's ihm denn übel? Ich gewiß nicht.

Kurt. Ich weiß, Herr Dozent, Sie nicht. Aber es gibt schon Leute.

Adler. Es hat halt jeder seine Widersacher.

Kurt. Und Neider.

Adler. Natürlich. Wer was arbeitet und was erreicht. Viel Feind, viel Ehr. Bernhardi kann sich ja wirklich nicht beklagen. Praxis in den höchsten Kreisen und in gewissen andern, wo's glücklicherweise mehr trägt, – Professor, Direktor des Elisabethinums –

Kurt. Na, wer soll's denn sein, wenn nicht er? Er hat sich für das Institut genug herumgeschlagen.

Adler. Gewiß, gewiß. Ich bin der letzte, der seine Verdienste verkleinern möchte. Und daß er so hoch gekommen ist gerade bei den heutigen Strömungen, – – ich hab ja ein gewisses Recht, davon zu reden, da ich selbst aus meiner jüdischen Abstammung niemals ein Hehl gemacht habe, wenn ich auch mütterlicherseits aus einer alten Wiener Bürgerfamilie stamme. Habe sogar Gelegenheit gehabt, in meiner Studentenzeit für die andere Hälfte zu bluten.

Kurt. Ist bekannt, Herr Dozent.

Adler. Es freut mich eigentlich, Herr Doktor, daß auch Sie unserm Herrn Direktor in gebührender Weise Gerechtigkeit widerfahren lassen.

Kurt. Warum freut Sie das, Herr Dozent?

Adler. Sie waren ja deutschnationaler Couleurstudent.

Kurt. Und Antisemit. Jawohl, Herr Dozent. Bin's sogar noch immer, im allgemeinen. Nur bin ich seither auch Antiarier geworden. Ich finde, die Menschen sind im allgemeinen eine recht mangelhafte Gesellschaft, und ich halte mich an die wenigen Ausnahmen da und dort.

Professor Cyprian von rechts. Älterer kleiner Herr mit langen, fast noch blonden Haaren, etwas gedehnte, singende Redeweise, gerät immer unversehens ins Vortraghalten, spricht wie zu einem Auditorium. Adler, Kurt, Hochroitzpointner.

Cyprian. Habe die Ehre, meine Herren. *(Gegengrüße.)* Ist der Doktor Adler vielleicht da? Ah ja, da sind Sie. Ich hab Sie unten gesucht. Kann ich mich darauf verlassen, Doktor Adler, daß mir der Schädel von heut nicht wieder verschwindet, wie neulich der von dem Paralytiker?

Adler. Der Diener ist beauftragt, Herr Professor –

Cyprian. Der Diener ist nicht zu finden. Wahrscheinlich wieder im Wirtshaus. Sie werden noch erleben, was ich seinerzeit in Prag erlebt habe, wie ich dort bei Heschel gearbeitet habe. Dort war auch so ein Alkoholiker als Diener im pathologisch-anatomischen Institut angestellt. Der Kerl hat uns allmählich den ganzen Spiritus von den Präparaten weggesoffen.

Adler. Der unsere, Herr Professor, zieht vorläufig noch Kümmel vor.

Cyprian. Also, ich möchte heute abend hinunterkommen. Wann sind Sie denn unten?

Adler. Ich arbeite jetzt gewöhnlich bis gegen Mitternacht.

Cyprian. So, da komme ich also nach zehn.

(Bernhardi und Oskar kommen von rechts.)

Bernhardi. Guten Tag. Grüß dich Gott, Cyprian. Suchst du vielleicht mich?

Cyprian. Ich habe eigentlich etwas mit Doktor Adler zu sprechen gehabt. Aber es ist mir sehr angenehm, daß ich dich treffe. Ich wollte dich nämlich fragen, wann du etwa Zeit hättest, mit mir ins Unterrichtsministerium zu kommen?

Bernhardi. Was gibt's denn?

(Sie stehen allein zusammen. Oskar geht gleich in den Krankensaal. Die andern Herren abseits im Gespräch.)

Cyprian. Es gibt gar nichts Besonderes. Aber ich glaube, wir sollten das Eisen schmieden, solange es warm ist.

Bernhardi. Ich verstehe dich wirklich nicht.

Cyprian. Es ist jetzt der günstigste Moment, für unser Institut was herauszuschlagen. Daß ein Arzt, ein klinischer Professor, sich an leitender Stelle befindet, das ist eine Konstellation, die wir ausnützen müssen.

Bernhardi. Ihr seid ja alle merkwürdig hoffnungsvoll in Hinsicht auf Flint.

Cyprian. Mit guten Gründen. Ich habe ihm die Karriere prophezeit, wie wir zusammen im Laboratorium bei Brücke vor bald dreißig Jahren gearbeitet haben. Er ist ein administratives Genie. Ich habe schon ein Memorandum skizziert. Was wir verlangen, ist vor allem eine staatliche Subvention, um nicht länger ausschließlich auf die etwas unwürdigen Privatsammlungen angewiesen zu sein. Ferner –

Bernhardi. Ihr seid in einer Weise vergeßlich! Flint ist unser erbittertster Gegner.

Cyprian. Aber ich bitte dich, das ist ja längst vorbei. Er steht dem Elisabethinum heute mit der größten Sympathie gegenüber. Hofrat Winkler hat es mir gestern wieder gesagt. Ganz spontan.

Bernhardi. Na. –

Oskar *(aus dem Krankenzimmer, rasch zu Bernhardi)*. Du, Papa, ich glaube, wenn du sie noch sprechen willst –

Bernhardi. Entschuldige mich, lieber Cyprian. Vielleicht geduldest du dich fünf Minuten. *(Ab.)*

Oskar *(zu Cyprian)*. Eine Sterbende, Herr Professor.

(Folgt seinem Vater in den Krankensaal. Hochroitzpointner, Kurt, Adler, Cyprian.)

Kurt *(beiläufig)*. Eine Sepsis. Junges Mädel. Abortus.

Hochroitzpointner *(zu Adler)*. Für morgen, Herr Dozent.

Cyprian *(in seiner eintönigen Weise)*. Wie ich noch Assistent war bei Skoda, da haben wir einen Primarius im Spital gehabt, nomina sunt odiosa, der hat uns gebeten, uns Assistenten mein ich, wir sollen ihn, wenn irgend möglich, zu jedem Sterbefall herbeirufen. Er wollte eine Psychologie der Sterbestunden schreiben, angeblich. Ich habe damals gleich zu Bernitzer gesagt, der mit mir zusammen Assistent war, da stimmt etwas nicht. Es geht ihm nicht um die Psychologie. Also, denken Sie sich, eines Tages ist der Primarius plötzlich verschwunden. War ein verheirateter Mann mit drei Kindern. Zu der Nacht darauf findet man in irgendeiner abgelegenen Straße einen zerlumpten Kerl erstochen auf. Na, Sie erraten ja schon die Pointe, meine Herren. Es stellt sich heraus, daß der Primarius und der erstochene Strolch ein und dieselbe Person sind. Durch viele Jahre hindurch hatte er ein Doppelleben geführt. Bei Tag war er der beschäftigte Arzt, nachts war er Stammgast in allerlei verdächtigen Spelunken, Zuhälter. –

Der Pfarrer kommt, ein junger Mann von 28 Jahren, mit energischen, klugen Zügen. Der Mesner, der an der Türe stehen bleibt. Hochroitzpointner, Kurt, Adler, Cyprian.

Adler *(beflissen)*. Habe die Ehre, Hochwürden.

Pfarrer. Guten Tag, meine Herren. Ich komme hoffentlich noch nicht zu spät.

Kurt. Nein, Hochwürden. Der Herr Professor ist gerade bei der Kranken. *(Er stellt sich vor.)* Assistent Dr. Pflugfelder.

Pfarrer. Die Hoffnung ist also noch nicht ganz aufgegeben?

Oskar *(kommt aus dem Krankenzimmer)*. Guten Tag, Hochwürden.

Kurt. Doch, Hochwürden, es ist ein völlig hoffnungsloser Fall.

Oskar. Bitte, wollen Hochwürden –

Pfarrer. Ich will vielleicht so lange warten, bis der Herr Professor die Kranke verlassen hat.

(Der Mesner tritt zurück, die Türe schließt sich.)

Hochroitzpointner rückt dem Pfarrer einen Sessel hin.

Pfarrer. Danke, danke.

(Er setzt sich zuerst nicht.)

Cyprian. Ja, Hochwürden, wenn wir nur zu den Kranken gingen, wo wir noch helfen können. Manchmal können wir auch nichts Besseres tun als trösten.

Kurt. Und lügen.

Pfarrer *(setzt sich)*. Sie gebrauchen da ein etwas hartes Wort, Herr Doktor.

Kurt. Verzeihung, Hochwürden, das bezog sich natürlich nur auf uns Ärzte. Übrigens ist gerade das manchmal der schwerste und edelste Teil unseres Berufes.

(Bernhardi wird an der Türe sichtbar, der Pfarrer erhebt sich.)

(Hochroitzpointner, Adler, Kurt, Cyprian, Oskar, Pfarrer, Bernhardi. Nach Bernhardi kommt die Schwester aus dem Krankenzimmer.)

Bernhardi *(etwas befremdet)*. Oh, Hochwürden.

Pfarrer. Wir lösen einander ab, Herr Professor. *(Er reicht ihm die Hand.)* Ich finde die Kranke wohl noch bei Bewußtsein?

Bernhardi. Ja. Man könnte sogar sagen, bei gesteigertem Bewußtsein. *(Mehr zu den andern.)* Es ist absolute Euphorie bei ihr eingetreten. *(Wie erklärend zum Pfarrer.)* Sie befindet sich sozusagen wohl.

Pfarrer. Nun, das ist ja sehr schön. Wer weiß! – Erst neulich hatte ich wieder die Freude, einem jungen Mann, der ein paar Wochen vorher schon völlig auf den Tod gefaßt von mir die letzte Ölung empfangen hatte, gesund auf der Straße zu begegnen.

Adler. Und wer weiß, ob es nicht gerade Hochwürden waren, der ihm die Kraft, den Mut zum Leben wiedergegeben haben.

Bernhardi *(zu Adler)*. Hochwürden hat mich ja mißverstanden, Herr Doktor. *(Zum Pfarrer.)* Ich meinte nämlich, daß die Kranke völlig ahnungslos ist. Sie ist verloren, aber sie glaubt sich genesen.

Pfarrer. Wahrhaftig.

Bernhardi. Und es ist fast zu besorgen, daß Ihr Erscheinen, Hochwürden –

Pfarrer *(ganz mild)*. Fürchten Sie nichts für Ihre Kranke, Herr Professor. Ich komme nicht, um ein Todesurteil auszusprechen.

Bernhardi. Natürlich, aber trotzdem –

Pfarrer. Man könnte die Kranke vielleicht vorbereiten.

Schwester *von Bernhardi nicht bemerkt, begibt sich auf einen kaum merklichen Augenwink des Pfarrers in das Krankenzimmer.*

Bernhardi. Das würde ja die Sache nicht bessern. Wie ich schon bemerkte, Hochwürden, die Kranke ist völlig ahnungslos. Und sie erwartet alles andere eher als diesen Besuch. Sie ist vielmehr in dem glücklichen Wahn befangen, daß in der nächsten Stunde jemand, der ihr nahe steht, erscheinen wird, um sie abzuholen, und sie wieder mit sich zu nehmen, – ins Leben und ins Glück. Ich glaube, Hochwürden, es wäre kein gutes, fast möchte ich zu behaupten wagen, kein gottgefälliges Werk, wenn wir sie aus diesem letzten Traum erwecken wollten.

Pfarrer *(nach kleinem Zögern bestimmter)*. Ist eine Möglichkeit vorhanden, Herr Professor, daß mein Erscheinen den Verlauf der Krankheit in ungünstiger Weise –

Bernhardi *(rasch einfallend)*. Es wäre nicht unmöglich, daß das Ende beschleunigt wird, vielleicht nur um Minuten, aber immerhin –

Pfarrer *(lebhafter)*. Nochmals: Ist Ihre Kranke noch zu retten? Bedeutet mein Erscheinen in diesem Sinne eine Gefahr? Dann wäre ich natürlich sofort bereit, mich zurückzuziehen.

Adler *nickt beifällig.*

Bernhardi. Sie ist rettungslos verloren, darüber kann kein Zweifel sein.

Pfarrer. Dann, Herr Professor, sehe ich durchaus keinen Grund –

Bernhardi. Entschuldigen Sie, Hochwürden, ich bin vorläufig hier noch in ärztlicher Funktion anwesend. Und zu meinen Pflichten gehört es, wenn nichts anderes mehr in meinen Kräften steht, meinen Kranken, wenigstens soweit als möglich, ein glückliches Sterben zu verschaffen.

Cyprian *zeigt leichte Ungeduld und Mißbilligung.*

Pfarrer. Ein glückliches Sterben. – Es ist wahrscheinlich, Herr Professor, daß wir darunter verschiedene Dinge verstehen. Und nach dem, was mir die Schwester mitteilte, bedarf Ihre Kranke der Absolution dringender als manche andere.

Bernhardi *(mit seinem ironischen Lächeln).* Sind wir nicht allzumal Sünder, Hochwürden?

Pfarrer. Das gehört wohl nicht hierher, Herr Professor. Sie können nicht wissen, ob nicht irgendwo in der Tiefe ihrer Seele, die Gott allein sieht, gerade in diesen letzten Augenblicken, die ihr noch vergönnt sind, die Sehnsucht wach ist, durch eine letzte Beichte aller Sünden sich zu entlasten.

Bernhardi. Muß ich es nochmals wiederholen, Hochwürden? Die Kranke weiß nicht, daß sie verloren ist. Sie ist heiter, glücklich und – reuelos.

Pfarrer. Eine um so schwerere Schuld nähme ich auf mich, wenn ich von dieser Schwelle wiche, ohne der Sterbenden die Tröstungen unserer heiligen Religion verabreicht zu haben.

Bernhardi. Von dieser Schuld, Hochwürden, wird Sie Gott und jeder irdische Richter freisprechen. *(Auf seine Bewegung.)* Jawohl, Hochwürden. Denn ich als Arzt darf Ihnen nicht gestatten, an das Bett dieser Kranken zu treten.

Pfarrer. Ich wurde hierher berufen. Ich muß also bitten –

Bernhardi. Nicht in meinem Auftrag, Hochwürden. Und ich kann nur wiederholen, daß ich Ihnen als Arzt, dem das Wohl seiner Kranken bis zur letzten Stunde anvertraut bleibt, das Überschreiten dieser Schwelle leider verbieten muß.

Pfarrer *(vortretend)*. Sie verbieten es mir?

Bernhardi *(leicht seine Schulter berührend)*. Ja, Hochwürden.

Schwester *(eilend aus dem Krankenzimmer)*. Hochwürden –

Bernhardi. Sie waren drin?

Schwester. Es wird zu spät, Hochwürden.

Kurt *rasch ins Krankenzimmer.*

Bernhardi *(zur Schwester)*. Sie haben der Kranken gesagt, daß Seine Hochwürden da sind?

Schwester. Ja, Herr Direktor.

Bernhardi. So. Und – antworten Sie mir ganz ruhig – wie hat sich die Kranke dazu verhalten? Hat sie irgend etwas geäußert? Sprechen Sie. Nun?

Schwester. Sie hat gesagt –

Bernhardi. Nun?

Schwester. Sie ist halt ein bissel erschrocken.

Bernhardi *(nicht böse)*. Nun, so sprechen Sie doch, was hat sie gesagt?

Schwester. „Muß ich denn wirklich sterben?"

Kurt *(aus dem Krankenzimmer)*. Es ist vorbei.

(Kleine Pause.)

Bernhardi. Erschrecken Sie nicht, Hochwürden. Ihre Schuld ist es nicht. Sie wollten nur Ihre Pflicht erfüllen. Ich wollte es auch. Daß es mir nicht geglückt ist, tut mir leid genug.

Pfarrer. Nicht Sie, Herr Professor, sind es, der mir Absolution zu erteilen hat. Das arme Geschöpf da drin ist als Sünderin und ohne die Tröstungen der Religion dahingegangen. Und das ist Ihre Schuld.

Bernhardi. Ich nehme sie auf mich.

Pfarrer. Es wird sich noch erweisen, Herr Professor, ob Sie das imstande sein werden. Ich empfehle mich, meine Herren.

(Er geht. Die andern bleiben bewegt und in einiger Verlegenheit zurück. Bernhardi sieht sie der Reihe nach an.)

Bernhardi. Also morgen früh, lieber Doktor Adler, die Sektion.

Cyprian *(zu Bernhardi, ungehört von den anderen)*. Es war nicht richtig.

Bernhardi. Wieso nicht richtig?

Cyprian. Und nebstbei wird es ein Einzelfall bleiben. Du wirst an der Sache selbst nichts ändern.

Bernhardi. An der Sache? War auch nicht meine Absicht.

Adler. Ich hielte es für unaufrichtig, Herr Direktor, wenn ich nicht schon in dieser Stunde loyal ausspräche, daß ich in dieser Angelegenheit – formell nicht auf Ihrer Seite zu stehen vermag.

Bernhardi. Und es wäre illoyal, Herr Doktor, wenn ich Ihnen nicht versicherte, daß ich mir das gleich hätte denken können.

(Cyprian und Adler ab.)

Oskar *beißt sich in die Lippen.*

Bernhardi. Na, mein Sohn, dir wird's ja hoffentlich in der Karriere nicht schaden.

Oskar. Aber Papa.

Bernhardi *(nimmt ihn beim Kopf, zärtlich)*. Na. Ich hab dich nicht beleidigen wollen.

Schwester. Herr Professor, ich hab geglaubt –

Bernhardi. Was haben Sie geglaubt? Na, wozu übrigens, jetzt ist's ja vorüber.

Schwester. Es ist doch immer, Herr Direktor, und – *(auf Hochroitzpointner weisend)* der Herr Doktor –

Hochroitzpointner. Ja, ich hab's ihr natürlich nicht verboten, Herr Direktor.

Bernhardi. Selbstverständlich, Herr Doktor Hochroitzpointner. Sie hospitieren wahrscheinlich auch in der Kirche, was?

Hochroitzpointner. Herr Direktor, wir leben in einem christlichen Staat.

Bernhardi. Ja. *(Sieht ihn lange an.)* Der Herr verzeihe ihnen – sie wissen verdammt gut, was sie tun.

(Ab mit Kurt und Oskar.)

(Hochroitzpointner, Schwester.)

Hochroitzpointner. Aber Kinderl, was fallt Ihnen denn ein, sich zu entschuldigen? Sie haben doch nur Ihre Pflicht getan. Aber was haben S' denn – Jetzt fangen S' gar an zu weinen – Daß Sie mir nur nicht wieder einen Anfall kriegen.

Schwester *(schluchzend)*. Aber der Herr Direktor war so bös.

Hochroitzpointner. Und wenn er schon bös war, – der Herr Direktor. Na, lang bleibt er's ja nimmer. Das bricht ihm den Kragen!

Vorhang

Zweiter Akt

Ordinationszimmer des Professor Bernhardi. Rechts Haupteingang, links Tür ins Nebenzimmer. Ein Medikamentenschrank links, Bücherregale nehmen die ganze Hinterwand ein, zum Teil grün verhängt. Auf dem Ofen, in der rechten Ecke, eine Äskulapbüste. Schreibtisch mit Sessel. Ein kleines Tischchen neben dem Schreibtisch. An dem Schreibtisch gegen den Zuschauerraum ein Diwan. Stühle. Photographien an den Wänden, Gelehrte darstellend.

Dr. Oskar Bernhardi sitzt am Schreibtisch, notiert etwas in ein aufgeschlagenes Protokollbuch, dann klingelt er. Diener tritt ein.

Oskar. Es ist niemand mehr da?

Diener. Nein, Herr Doktor.

Oskar. So werde ich jetzt weggehen. Wenn der Papa nach Hause kommt – *(Klingel draußen.)* Oh, sehen Sie nach.

Diener *ab.*

Oskar *schließt das Protokollbuch, bringt den Schreibtisch in Ordnung.*

Diener *tritt ein, bringt eine Karte.*

Oskar. Will mich sprechen?

Diener. Der Herr fragte zuerst, ob der Herr Professor zu Hause sei. Aber –

Oskar. Aber begnügt sich auch mit mir – Na, – möchte hereinkommen.

Diener *ab.*

Oskar, Dr. Feuermann, junger, kleiner, schwarzbärtiger, aufgeregter Mensch mit Brille. Hut in der Hand, Gehrock, Handschuhe.

Oskar *ihm entgegen.*

Feuermann. Ich weiß nicht, ob Sie sich meiner noch erinnern werden –

Oskar. Aber Feuermann, ob ich mich deiner noch erinnere! *(Reicht ihm die Hand.)*

Feuermann. Es sind immerhin acht Jahre, seit –

Oskar. Ja, wie die Zeit vergeht. Na, willst du nicht Platz nehmen? Du wolltest den Papa sprechen?

Feuermann. Allerdings –

Oskar. Ich ordiniere heute für ihn, er ist zum Prinzen Konstantin nach Baden berufen worden.

Feuermann. Ja, er hat eine schöne Praxis, dein Herr Papa. *(Er setzt sich.)*

Oskar. Na, und wie geht's denn dir? Als Patient kommst du wohl nicht – Wo praktizierst du denn eigentlich?

Feuermann. In Oberhollabrunn.

Oskar. Ja richtig. Also, was führt dich denn her? Machst du etwa ein Sanatorium auf, oder gehst du irgendwohin als Badearzt? Oder wollt ihr aus Oberhollabrunn einen Luftkurort machen?

Feuermann. Nichts von alledem. Es ist eine fürchterliche Geschichte. Du weißt noch nichts?

Oskar *(verneinende Geste)*.

Feuermann. Ich habe deinem Herrn Papa schon geschrieben in meiner Angelegenheit.

Oskar. Er bekommt so viele Briefe.

Feuermann. Wenn du nun auch noch ein Wort für mich einlegen wolltest –

Oskar. Um was handelt es sich denn?

Feuermann. Du kennst mich, Bernhardi. Wir haben zusammen studiert, du weißt, ich habe es an Fleiß und Gewissenhaftigkeit nie fehlen lassen. So ein Unglück kann jedem passieren, der gleich von der Universität weg in die Praxis hinaus muß. Es hat's nicht jeder so gut wie du zum Beispiel.

Oskar. Na, der Sohn von einem berühmten Vater zu sein, das hat auch seine Schattenseiten.

Feuermann. Entschuldige, so hab ich's ja nicht gemeint. Aber es ist doch unschätzbar, sich im Spital weiter ausbilden zu können, an den Brüsten der alma mater Kurse zu hören –

Oskar *(etwas ungeduldig)*. Also, was ist denn eigentlich passiert?

Feuermann. Ich bin unter Anklage wegen Vergehens gegen die Sicherheit des Lebens. Ich werde vielleicht mein Diplom verlieren. Ein Kunstfehler, ein sogenannter. Ich will ja nicht behaupten, daß ich ganz ohne Schuld bin. Wenn ich noch ein bis zwei Jahre hier an der geburtshilflichen Klinik praktiziert hätte, so wär' mir die Frau wahrscheinlich durchgekommen. Du mußt dir das nur vorstellen in so einem Nest. Keine Assistenz, keine ordentliche Antisepsis. Ach, was wißt ihr denn hier in der großen Stadt. Wie vielen ich das Leben gerettet habe, das rechnet mir keiner nach. Einmal hat man Malheur, und man kann sich eine Kugel durch den Kopf schießen.

Oskar. Aber Feuermann, du mußt doch nicht gleich das Schlimmste – du bist doch noch nicht verurteilt. Die Sachverständigen haben doch auch noch ein Wort zu reden.

Feuermann. Ja, die Sachverständigen. Also, das ist ja eigentlich der Grund, darum wollt ich deinen Herrn Papa – Er kennt mich ja auch, er wird sich vielleicht meiner noch erinnern, ich habe ja sogar einmal einen Kurs über Herzkrankheiten bei ihm genommen –

Oskar. Nun das –

Feuermann. Er ist gewiß sehr befreundet mit Professor Filitz, der die gynäkologische Abteilung am Elisabethinum leitet, und Filitz ist als

Sachverständiger vorgeschlagen. Und da wollte ich deinen Papa bitten, ob er nicht bei Professor Filitz – Oh, ich will keine Protektion, aber –

Oskar. Ja, ja, mein lieber Feuermann, ob da die Fürsprache meines Vaters – Er steht nämlich gar nicht so besonders gut mit Filitz, wie du anzunehmen scheinst.

Feuermann. Dein Vater ist doch Direktor des Elisabethinums –

Oskar. Na ja, aber die Verhältnisse hier liegen nicht so einfach. Da müßt ich dir lange Geschichten erzählen. Von diesen Zuständen könnt wieder ihr in Oberhollabrunn euch wahrscheinlich keinen rechten Begriff machen. Da gibt es Strömungen und Unterströmungen und Gegenströmungen. – Also, ob eine Intervention meines Papa nicht geradezu die gegenteilige Wirkung –

Feuermann. Wenn er vielleicht in anderer Weise für mich eintreten könnte! Dein Vater schreibt ja so glänzend. Seine Artikel über ärztliche Standesfragen, die treffen immer den Nagel auf den Kopf. Es käme ja einfach darauf an, meiner Sache einen allgemeinen Gesichtspunkt abzugewinnen. Auf den Grund des Übels hinzuweisen. Auf die unglückseligen materiellen Verhältnisse der jungen Ärzte, auf die Schwierigkeiten in der Landpraxis, auf die Feindseligkeiten, die Rivalitäten und so weiter, und so weiter. – Oh, das wäre ein Thema für deinen Vater, – und ich könnte ihm ein Material zur Verfügung stellen.

(Diener tritt ein mit einer Karte.)

Oskar. Oh, Fil – *(Er steht auf.)* Du mußt so freundlich sein, Feuermann. – Ich lasse bitten.

Diener *ab.*

Feuermann. Sagtest du nicht Filitz?

Oskar. Ich –

Feuermann. Ja, du sagtest es.

Oskar. Du willst doch nicht jetzt – Ich möchte dich sogar bitten, vielleicht durch diese Tür –

Feuermann. O nein. Das kannst du nicht von mir verlangen. Das ist ein Fingerzeig des Himmels.

Filitz tritt ein. Vierzig Jahre, schöner blonder Mann, Zwicker. Oskar, Feuermann.

Filitz. Guten Morgen, Herr Kollega.

Feuermann. Möchtest du so freundlich sein, mich dem Herrn Professor vorzustellen, lieber Freund?

Oskar *(in Verlegenheit lächelnd).* Der Herr Professor wird wohl mit mir –

Feuermann *(stellt sich vor).* Doktor Feuermann. Ich sehe es nämlich als einen Fingerzeig des Himmels an, Herr Professor, daß Sie in dieser Stunde – daß ich das Glück habe – Ich bin praktischer Arzt in Oberhollabrunn – Doktor Feuermann. Es ist eine Anklage gegen mich erhoben.

Filitz. Feuermann. Ach ja. Ich weiß schon. *(Liebenswürdig.)* Sie haben eine hinüberspediert, – eine Lehrersgattin –

Feuermann *(entsetzt).* Herr Professor sind falsch berichtet. Wenn Sie den Fall erst – wenn Sie die große Güte haben werden, den Fall genau – Es war eine Reihe von unglückseligen Zufällen.

Filitz. Ja, das ist dann immer so. Aber solche Zufälle würden eben nicht eintreten, wenn die jungen Leute nicht so ohne alle Vorbildung hinaus in die Praxis drängten. Da macht man mit Ach und Krach seine paar Prüfungen und denkt, Gott wird schon weiterhelfen. Aber zuweilen hilft er eben nicht und hat seine triftigen Gründe.

Feuermann. Herr Professor, wenn Sie mir erlauben wollten – ich habe alle meine Prüfungen mit Auszeichnung bestanden, sogar in Geburtshilfe. Und in die Praxis mußt ich hinaus, weil ich sonst verhungert wäre. Und daß diese arme Frau nach der Geburt verblutet ist, ich wage es kühn zu behaupten, es hätte ihr auch bei einem Professor passieren können.

Filitz. Es gibt allerlei Professoren.

Feuermann. Aber wenn's ein Professor gewesen wäre, dann hätte man ihn nicht angeklagt, sondern – sondern es wäre Gottes unerforschlicher Ratschluß gewesen.

Filitz. Ah, meinen Sie. Na ja. *(Stellt sich vor ihn hin und fixiert ihn.)* Sind wohl auch einer von den jungen Herren, die es ihrer wissenschaftlichen Würde schuldig zu sein glauben, die Atheisten zu agieren? –

Feuermann. Oh, Herr Professor, es ist mir wahrhaftig –

Filitz. Ganz nach Ihrem Belieben, Herr Doktor. Aber ich versichere Sie, Glaube und Wissenschaft vertragen sich sehr gut. Ich möchte meine Ansicht sogar dahin formulieren, daß Wissenschaft ohne Glauben immer eine etwas unsichere Angelegenheit bleiben wird, schon weil in diesem Falle die sittliche Grundlage, das Ethos, fehlt.

Feuermann. Gewiß, Herr Professor. Ich bitte, meine frühere Äußerung –

Filitz. Wohin der nihilistische Hochmut führt, daran mangelt es ja nicht an Beispielen. Und ich hoffe, es wird nicht Ihr Ehrgeiz sein, Herr Doktor Feuerstein –

Feuermann *(schüchtern)*. Feuermann –

Filitz – der staunenden Mitwelt ein neues Beispiel zu bieten. Übrigens habe ich Ihren Akt bei mir zu Hause. Kommen Sie vielleicht morgen früh um acht zu mir, wir wollen weiter über die Sache reden.

Feuermann *(wie berauscht von dieser neuen Wendung)*. Herr Professor erlauben mir also? Oh, ich bin Ihnen unendlich dankbar. Ich werde so frei sein, an der Hand des Materials – Meine Existenz steht nämlich auf dem Spiel. Ich habe eine Frau und zwei Kinder. Es bliebe mir nichts übrig, als mich umzubringen.

Filitz. Es wäre mir erwünscht, Herr Doktor, wenn Sie derlei sentimentale Bemerkungen unterließen. Wenn Sie sich wirklich nichts vorzuwerfen haben, bedarf es derartiger Mätzchen, wenigstens mir gegenüber, nicht. Also, auf Wiedersehen, Herr Doktor.

Oskar. Du verzeihst, wenn ich dich nicht begleite, lieber Feuermann.

Feuermann. Oh. Ich danke dir sehr. *(Ab.)*

Oskar. Ich möchte Sie, Herr Professor, noch in seinem Namen um Entschuldigung bitten wegen seiner etwas taktlosen Bemerkungen. Er war begreiflicherweise in einiger Aufregung.

Filitz. Studienkollege?

Oskar. Jawohl, Herr Professor. Und wie ich gleich bemerken möchte, ein sehr fleißiger und gewissenhafter Student. Es ist mir bekannt, daß er in den ersten Jahren von fünfzehn oder zwanzig Gulden monatlich leben mußte, die er sich durch Lektionen verdiente.

Filitz. Das beweist noch nichts, lieber Kollega. Mein Vater war ein Millionär, und es ist auch etwas ganz Tüchtiges aus mir geworden. Na ja. Ihr Papa ist verreist?

Oskar. Nicht verreist, Herr Professor, er ist nur in Baden beim Prinzen Konstantin.

Filitz. Ah.

Oskar. Er wollte eigentlich schon zur Ordination zurück sein.

Filitz *(auf die Uhr sehend)*. Na, warten kann ich leider nicht mehr lange. Vielleicht sind Sie so freundlich und bestellen Ihrem Herrn Papa, was ja auch für Sie einiges Interesse haben dürfte, daß meine Frau heute von der Fürstin Stixenstein nicht empfangen wurde.

Oskar *(nicht ganz verstehend)*. So. Die Fürstin war vielleicht nicht zu Hause?

Filitz. Meine Frau war für ein Uhr hinbeschieden, lieber Kollega, in ihrer Eigenschaft als Präsidentin des Ehrenballkomitees zur Patronesse und

Gattin des Kuratoriumspräsidenten, der Fürstin Stixenstein. Ich glaube, diese Tatsache spricht Bände.

(Er fixiert nach seiner Gewohnheit Oskar.)

Oskar *etwas verlegen.*

Diener *mit Karte.*

Oskar. Verzeihen Sie, Herr Professor. Es ist Professor Löwenstein.

Filitz. Lassen Sie sich nicht stören. Ich muß ja ohnedies –

Oskar *(zum Diener)*. Ich lasse bitten.

Filitz *macht sich anscheinend zum Fortgehen bereit.*

Löwenstein kommt. Gegen vierzig, mittelgroß, etwas hastig, kleine Augen, die er manchmal weit aufreißt. Brille. Er bleibt gern mit abfallender linker Schulter und leicht gebogenen Knien seinem Gesprächspartner gegenüber stehen und fährt sich manchmal durch die Haare. Filitz, Oskar.

Löwenstein. Guten Tag. Oh, Professor Filitz. Sie wollen schon gehen? Bleiben Sie noch einen Moment. Die Sache wird Sie interessieren. Da, Oskar, lesen Sie. *(Er gibt ihm einen Brief.)* Entschuldigen Sie, Herr Professor Filitz, er muß ihn früher lesen als Mitglied des Ballkomitees. Die Fürstin Stixenstein hat das Protektorat über den Ball niedergelegt.

Oskar *(hat den Brief rasch durchflogen, reicht ihn dem Professor Filitz)*. Ohne jede Angabe von Gründen?

Löwenstein. Das hielt sie nicht für nötig.

Filitz. Besonders, wenn die Gründe für jedermann so klar auf der Hand liegen.

Oskar. Ist denn – diese Geschichte schon so publik geworden? Innerhalb von acht Tagen?

Löwenstein. Lieber Oskar, daran hab ich keinen Augenblick gezweifelt. Wie man mir die Szene rapportiert hat, sagte ich sofort: das ist ein Fressen für gewisse Leute, das wird aufgebauscht werden.

Filitz. Entschuldigen Sie, lieber Doktor Löwenstein, hier ist nichts aufgebauscht worden, hier brauchte auch nichts aufgebauscht zu werden, der ganze Vorfall in seiner schlichten und faktiösen Deutlichkeit – Aber ich ziehe es vor, meine Ansicht hierüber meinem Freunde Bernhardi persönlich vorzutragen.

Oskar. Ich brauche wohl nicht erst zu bemerken, Herr Professor, daß ich in dieser ganzen Angelegenheit durchaus auf der Seite meines Vaters stehe.

Filitz. Natürlich, natürlich, das ist nur Ihre Pflicht.

Oskar. Es ist auch meine Überzeugung, Herr Professor.

Löwenstein. Ebenso wie die meine, Herr Professor. Und ich erkläre ausdrücklich, daß nur böser Wille versuchen kann, aus einem vollständig unschuldigen Vorfall so irgend etwas wie eine Affäre zu machen. Und um ganz deutlich zu sein, daß kein Mensch den Versuch machen würde, wenn Bernhardi nicht zufällig ein Jude wäre.

Filitz. Also, da seid ihr ja glücklich wieder bei eurer fixen Idee. Bin ich etwa auch ein Antisemit? Ich, der ich immer mindestens einen jüdischen Assistenten habe? Gegenüber anständigen Juden gibt es keinen Antisemitismus.

Löwenstein. So, so, ich behaupte gerade –

Filitz. Wenn ein Christ sich so benommen hätte wie Bernhardi, wäre gleichfalls eine Affäre daraus geworden. Das wissen Sie sehr gut, lieber Löwenstein.

Löwenstein. Gut. Möglich. Aber dann wären hinter diesem Christen Tausende oder Hunderttausende gestanden, die sich jetzt nicht rühren oder sich sogar gegen ihn stellen werden.

Filitz. Wer?

Löwenstein. Die Deutschnationalen und natürlich die Juden, – eine gewisse Sorte mein ich, die keine Gelegenheit vorübergehen läßt, sich in den Schutz der herrschenden Mächte zu begeben.

Filitz. Sie verzeihen, lieber Löwenstein, das grenzt an Verfolgungswahn. Und ich möchte es hier einmal aussprechen, daß gerade Leute wie Sie, lieber Löwenstein, in ihrer lächerlichen Antisemitenriecherei die Hauptschuld an der bedauerlichen Verschärfung der Gegensätze tragen. Und es stünde hundertmal besser –

Bernhardi tritt ein. Filitz, Löwenstein, Oskar.

Bernhardi. *(in offenbar guter Stimmung, mit seinem leicht ironischen Lächeln, begrüßend und handreichend)*. Oh, meine Herren. Was gibt es denn? Sind wir abgebrannt? Oder hat uns jemand eine Million geschenkt?

Oskar *(ihm den Brief reichend)*. Die Fürstin hat das Protektorat über unsern Ball niedergelegt.

Bernhardi. *(den Brief durchfliegend)*. Na, so wird man sich eben eine andere Patronesse suchen. *(Zu Oskar scherzend.)* Oder legst du vielleicht auch deine Präsidentschaft nieder, mein Sohn?

Oskar *(etwas beleidigt)*. Papa. –

Löwenstein. Lieber Bernhardi, dein Sohn hat eben feierlich erklärt, daß er vollkommen auf deiner Seite stehe.

Bernhardi. *(Oskar zärtlich über das Haar streichend)*. Na, selbstverständlich. Du nimmst es mir hoffentlich nicht übel, Oskar. Und du, Löwenstein, da brauch ich wohl nicht erst zu fragen. Aber was ist denn mit dir, Filitz? Du machst ja wirklich ein Gesicht, als wenn wir abgebrannt wären.

Oskar. Ich werde mich jetzt empfehlen. *(Lächelnd.)* Um sechs haben wir nämlich eine Sitzung des Ballkomitees. Guten Tag, Herr Professor, guten Tag, Herr Dozent. *(Beide reichen ihm die Hand.)* Ja, richtig, Papa, Herr Doktor Feuermann war hier. Er hätte dir geschrieben.

Bernhardi. Ach ja.

Filitz. Wegen dieses Feuerstein macht euch keine Sorgen. Wenn es irgend möglich ist, reiß ich ihn heraus, *(mit triumphierendem Blick auf Löwenstein)* trotzdem er Jude ist.

Oskar. Ich glaube wirklich, Herr Professor, daß Sie da keinem Unwürdigen –

Filitz. Gewiß, gewiß. Guten Tag, lieber Kollega.

Oskar *ab.*

Filitz, Löwenstein, Bernhardi.

Bernhardi. Bist du vielleicht wegen dieses Feuermann –

Filitz. O nein. Ich bin ihm nur zufällig hier begegnet. Ich kam her, um dir mitzuteilen, daß meine Frau heute mittag von der Fürstin Stixenstein nicht empfangen wurde.

Bernhardi. Nun?

Filitz. Nicht empfangen wurde! Die Fürstin hat nicht nur ihr Protektorat niedergelegt, sie hat auch meine Frau nicht vorgelassen.

Bernhardi. Wirklich, deswegen kommst du zu mir?

Filitz. Was spielst du denn den Unschuldigen, mein lieber Bernhardi! Du weißt doch sehr gut, daß all das, so bedeutungslos es an sich sein mag, sehr symptomatisch für die Auffassung ist, die eine dir nicht ganz unbekannte Angelegenheit in maßgebenden höheren Kreisen findet.

Bernhardi. *(sehr heiter)*. Ich für meinen Teil kann wieder mit ganz andern Symptomen aus vielleicht noch höheren Kreisen dienen. Soeben komme ich vom Prinzen Konstantin, der natürlich von der Geschichte auch schon gehört hat, und der ganz anders über sie zu denken scheint als Ihre Durchlaucht die Fürstin Stixenstein.

Filitz. Ich bitte dich, Bernhardi, komme mir doch nicht mit dem Prinzen Konstantin. Für den ist das Liberalsein ein Sport, wie für andere seiner Standesgenossen das Taubenschießen.

Bernhardi. Immerhin –

Filitz. Und was mich anbelangt, so ist mir die Ansicht des Prinzen Konstantin in dieser Angelegenheit vollkommen gleichgültig. Ich für meinen Teil gestatte mir über dein Vorgehen, respektive dein Benehmen, in der zur Rede stehenden Angelegenheit durchaus anders zu denken.

Bernhardi. Ach so. Hat dich deine Frau Gemahlin hergeschickt, um mir eine Zurechtweisung zu erteilen?

Filitz *(sehr ärgerlich)*. Ich bin keineswegs berechtigt, und es liegt mir auch völlig fern. – Kurz und gut, ich bin da, um dich zu fragen, was du zu tun gedenkst, um meiner Frau Genugtuung für den ihr angetanen Affront zu verschaffen.

Bernhardi. *(wirklich erstaunt)*. Ah. Na! Du meinst wohl nicht im Ernst –

Cyprian kommt. Filitz, Löwenstein, Bernhardi.

Cyprian. Guten Abend, meine Herren. Bitte um Entschuldigung, daß ich so ohne weiteres ... Aber ich kann mir ja denken – *(reicht allen die Hände)*.

Bernhardi. Du kommst am Ende auch, weil die Fürstin Stixenstein das Protektorat über unsern Ball niedergelegt?

Cyprian. Die Ballsache steht in zweiter Linie.

Filitz *(auf die Uhr sehend)*. Ich habe leider keine Zeit mehr. Du wirst mich entschuldigen, Cyprian. Ich wiederhole nur noch einmal meine Frage an dich, Bernhardi, in welcher Weise du meiner Frau Genugtuung dafür zu verschaffen gedenkst *(mit einem Blick auf Cyprian)*, daß sie von der Fürstin Stixenstein nicht empfangen wurde.

Löwenstein *blickt auf Cyprian*.

Bernhardi. *(sehr ruhig)*. Sage deiner verehrten Gemahlin, lieber Filitz, ich hielte sie für zu klug, um annehmen zu dürfen, sie kränke sich nur eine Sekunde ernstlich darüber, daß ihr der Salon einer durchlauchtigsten Gans verschlossen blieb.

Filitz. Diese Art der Beantwortung überhebt mich ja allerdings alles weiteren. Ich habe die Ehre, meine Herren. *(Rasch ab. Löwenstein, Bernhardi, Cyprian.)*

Cyprian. Das hättest du nicht sagen sollen, Bernhardi.

Löwenstein. Warum hätte er nicht sollen?

Cyprian. Ganz abgesehen davon, daß man gewisse Leute nicht überflüssigerweise reizen soll, er ist im Unrecht. Die Fürstin ist alles eher als eine Gans. Sie ist sogar eine sehr kluge Person.

Bernhardi. Klug? Babette Stixenstein?

Löwenstein. Beschränkt, kleinlich, bigott ist sie.

Cyprian. Es gibt Dinge, über die die Fürstin nicht einmal nachdenken darf, sonst wäre sie gerade so eine Entartete wie du, wenn du nicht über diese Dinge nachdächtest. Wir müssen diese Leute verstehen, das gehört zu unserem Wesen, und sie dürfen uns gar nicht verstehen, das gehört wieder zu ihrem Wesen. Im übrigen ist das ja nur der Anfang. Selbstverständlich wird auch der Fürst seine Konsequenzen ziehen, – das heißt, das Kuratorium wird wahrscheinlich in corpore demissionieren.

Löwenstein. Das wäre ja eine Ungeheuerlichkeit.

Bernhardi. *(der hin und her gegangen, vor Cyprian stehen bleibend).* Entschuldige, Cyprian. Das Kuratorium besteht aus dem Prinzen Konstantin, dem Bischof Liebenberg, dem Fürsten Stixenstein, dem Bankdirektor Veith und dem Hofrat Winkler. Und außer dem Fürsten, das garantiere ich dir –

Cyprian. Garantier lieber nichts.

Bernhardi. Vor einer Stunde habe ich den Prinzen gesprochen.

Cyprian. Er hat dir wohl seine Anerkennung ausgesprochen?

Bernhardi. Er war die Liebenswürdigkeit selbst. Und daß er mich gerade heute rufen ließ, sagt mehr als alles, denn es fehlt ihm nicht das Geringste, und es war offenbar nur, um über die Sache mit mir zu reden.

Cyprian. Er hat davon begonnen?

Bernhardi. Natürlich.

Löwenstein. Was hat er gesagt?

Bernhardi. *(etwas geschmeichelt lächelnd)*. Daß ich vor ein paar hundert Jahren wahrscheinlich auf dem Scheiterhaufen geendet hätte.

Cyprian. Und das hast du als Zustimmung aufgefaßt?

Bernhardi. Du weißt noch nicht, was er hinzugesetzt hat: „Ich wahrscheinlich auch."

Löwenstein. Ha!

Cyprian. Was ihn nicht hindert, regelmäßig die Messe zu besuchen und im Herrenhaus gegen die Eherechtsreform zu stimmen.

Bernhardi. Ja, es gibt offizielle Verpflichtungen.

Cyprian. Na, und hast du dich vielleicht gleich beim Prinzen erkundigt, wie die andern Herren des Kuratoriums über die Sache denken?

Bernhardi. Der Prinz hat mir ungefragt eine Äußerung des Bischofs mitgeteilt.

Löwenstein. Nun?

Bernhardi. „Der Mann gefällt mir."

Löwenstein. Der Bischof gefällt dir?

Bernhardi. Nein, ich gefalle ihm.

Cyprian. Ja, diese Äußerung ist mir auch schon mitgeteilt worden, nur hat man mir nicht die zweite Hälfte unterschlagen.

Bernhardi. Die zweite Hälfte?

Cyprian. Vollständig lautet die Äußerung des Bischofs nämlich: Dieser Bernhardi gefällt mir nicht übel, aber er wird's bereuen.

Bernhardi. Und von wem weißt du denn das so genau?

Cyprian. Vom Hofrat Winkler, aus dessen Bureau ich eben komme, und der mir auch angedeutet hat, daß das Kuratorium demissionieren wird.

Bernhardi. Aber ich bitte dich. Der Hofrat ist doch selber im Kuratorium, und der wird uns doch nicht im Stich lassen.

Cyprian. Es würde ihm nichts anderes übrigbleiben. Er kann nicht als einziger Kurator sitzenbleiben, wenn die andern alle gehen.

Bernhardi. Warum nicht? Wenn er der Mann ist, für den wir ihn immer gehalten haben. –

Löwenstein. Ich bitte dich, ein Hofrat –

Cyprian. Was wäre denn damit geholfen, wenn er als einziger deine Partei nähme? Kannst du von ihm verlangen, daß er deinetwegen –

Bernhardi. Es handelt sich nicht um mich, das weißt du sehr gut.

Cyprian. Sehr richtig, nicht um dich. Du sagst es selbst. Es handelt sich um das Institut. Um unser Institut. Und wenn das Kuratorium geht, so ist es aus mit uns.

Bernhardi. Aber, aber!

Löwenstein. Wieso denn? Dein Prinz Konstantin und auch Seine Eminenz haben sich nie durch besondere Noblesse ausgezeichnet.

Cyprian. Aber dafür nenn' ich euch ein Dutzend Juden, die uns überhaupt nur was geben, weil ein Prinz und ein Bischof im Kuratorium sitzen. Und wenn wir kein Geld mehr kriegen, so können wir einfach zusperren.

Bernhardi. Und alles das sollte passieren, weil ich meine Pflicht als Arzt erfüllt habe –

Löwenstein. Es ist ungeheuerlich, ungeheuerlich. So soll es zusammenbrechen, unser Institut. Wir gründen ein anderes, ein besseres, ohne die Filitze und Ebenwalds und Konsorten. Ah, Bernhardi, wie hab ich dich gewarnt vor diesen Leuten. Aber du mit deiner Vertrauensseligkeit. Nun wirst du hoffentlich gewitzigt sein.

Cyprian *(der vergeblich versucht hat, ihn zu beschwichtigen)*. Möchtest du einen nicht endlich zu Worte kommen lassen. Vorläufig steht ja das Institut noch. Und vorläufig haben wir sogar noch das Kuratorium. Bisher hat es nicht demissioniert. Und es wird sich möglicherweise ein Modus finden lassen, um diese immerhin etwas peinliche Sache zu verhindern.

Bernhardi. Ein Modus?

Cyprian. Auch der Hofrat, wie du nicht leugnen wirst, ein sehr kluger, aufgeklärter und dir wahrhaft wohlgesinnter Mensch, ist der Ansicht –

Bernhardi. Welcher Ansicht? Drück dich doch etwas klarer aus, Cyprian.

Cyprian. Daß du dir nicht das Geringste damit vergäbest, Bernhardi, wenn du in einer angemessenen Form –

Löwenstein *(dreinfahrend)*. Er soll sich entschuldigen?

Cyprian. Wer redet von Entschuldigen. Er soll ja nicht Buße tun im härenen Gewand an der Kirchentür. Er soll ja nichts widerrufen oder irgendein Dogma beschwören. *(Zu Bernhardi.)* Es wird vollkommen genügen, wenn du dein Bedauern aussprichst –

Bernhardi. Ich habe nichts zu bedauern.

Löwenstein. Im Gegenteil.

Cyprian. Also nicht dein Bedauern. Wir wollen uns nicht um Worte streiten. Aber du kannst doch erklären, ohne dir damit das Geringste zu vergeben, daß es dir ferne lag, irgendwelche religiösen Gefühle zu verletzen. Das hast du doch wirklich nicht tun wollen.

Bernhardi. Das wissen ja die Leute.

Cyprian. Als wenn es darauf ankäme. Du redest immer, als wenn du es ausschließlich mit ehrlichen Leuten zu tun hättest. Natürlich wissen es die Leute und die, die dir einen Strick aus der Sache drehen wollen, wissen es am allerbesten. Aber trotzdem sehe ich voraus, und es sind schon Anzeichen dafür vorhanden, daß man versuchen wird, dich als einen bewußten Religionsstörer hinzustellen, und dir aufbringen wird, du habest ein heiliges Sakrament verhöhnt.

Bernhardi. Aber!

Cyprian. Verlaß dich drauf. Und es wird niemand da sein, niemand, der für dich eintritt.

Bernhardi. Niemand –?

Cyprian. Und du wirst die ganze Affäre nicht nur unter dem böswilligen Geheul deiner geborenen und neuerworbenen Feinde, sondern überdies unter dem verlegenen Schweigen oder dem mißbilligenden Gemurmel der Gleichgültigen, und sogar deiner Freunde, durchzuführen haben. Und natürlich wird es auch an dem Vorwurf nicht fehlen, daß gerade du dich vor einer solchen Unvorsichtigkeit hättest hüten müssen, weil dir gewisse Vorbedingungen fehlen, die die Menschen erst fähig machen, das tiefste Wesen der katholischen Sakramente zu erfassen.

Bernhardi. Ja, sag mir nur –

Cyprian. Alles das hab ich schon gehört. Von Wohlwollenden, mein Lieber, von sogenannten Aufgeklärten. Und du magst dir darnach einen Begriff machen, was du von den andern zu erwarten hast.

Löwenstein. Und wegen dieses Gesindels –

Cyprian. So kommt mir doch nicht immer mit eurer moralethischen Entrüstung. Ja, die Menschen sind ein Gesindel – aber wir müssen damit rechnen. Und – *(zu Bernhardi)* da es doch weder deine Absicht, noch deine Sache ist, dich mit dem Gesindel einzulassen, und du an den Menschen und Dingen durch Halsstarrigkeit nicht das Geringste ändern wirst, so rate ich dir noch einmal auf das allerdringendste das Möglichste zu tun, um den drohenden Sturm zu beschwichtigen und vorläufig einmal eine Erklärung abzugeben, wie ich sie dir früher vorgeschlagen habe. Die Gelegenheit bietet sich von selbst. Morgen haben wir eine Sitzung wegen der Neubesetzung der Tugendvetterschen Abteilung.

Bernhardi. Richtig, richtig. Darüber wäre eigentlich wichtiger zu reden, als über diese ganze verdammte –

Cyprian. Das denk ich mir auch. Du sollst ja nicht deine Überzeugung verleugnen, Bernhardi. Wie ich schon sagte: Eine einfache Erklärung wäre ausreichend.

Bernhardi. Und du glaubst, daß damit –

Löwenstein. Du willst doch nicht wirklich, Bernhardi? Wenn du das tust, dann nehm ich's auf mich. Dann trete ich für die Sache ein. Als hätte ich selbst Seine Hochwürden –

Cyprian. Laß dich von diesem Menschen nicht aufhetzen, Bernhardi. Überlege doch nur! Würdest du nur einen Moment zögern, ein so kleines Opfer deiner Eitelkeit zu bringen, wenn es sich zum Beispiel um die Zukunft deines Oskar handelte? Und so ein Werk wie das Elisabethinum ist am Ende auch nichts viel Geringeres als ein Kind. Es ist ja doch hauptsächlich dein Werk, wenn ich auch an deiner Seite gestanden bin. Bedenke doch nur, gegen welche Anfechtungen du es verteidigt, wie du dafür gearbeitet, gekämpft hast.

Bernhardi. *(immer hin und her)*. Das hat allerdings seine Richtigkeit. Es waren wahrhaftig Kampfjahre, besonders die ersten. Es war keine Kleinigkeit, das muß ich schon sagen, was ich –

Cyprian. Und jetzt, wo wir das Institut so weit gebracht haben, soll es wegen einer solchen Bagatelle ernstlich gefährdet sein, gar am Ende zugrunde gehen? Nein, Bernhardi, das darf nicht geschehen. Du hast Besseres zu tun, als deine Kraft in einem unfruchtbaren und etwas lächerlichen Kampf aufzureiben. Du bist Arzt. Und ein gerettetes Menschenleben ist mehr wert als ein hochgehaltenes Banner.

Löwenstein. Sophisterei!

Cyprian. Wir stehen an einem Wendepunkt. Es hängt nur von dir ab, Bernhardi, und unser Institut geht einer glänzenden Zukunft entgegen.

Bernhardi *bleibt erstaunt stehen.*

Cyprian. Das Wichtigste weißt du nämlich noch gar nicht. Ich habe auch Gelegenheit gehabt, mit Flint zu sprechen.

Bernhardi. Du hast mit ihm über diese Angelegenheit –?

Cyprian. Nein, über die kein Wort. Ich habe es absichtlich vermieden, und er auch. Ich war bei ihm wegen der kriminalanthropologischen Ausstellung, die im Herbst stattfinden soll. Aber natürlich kamen wir auch auf das Elisabethinum zu reden, und ich kann dich versichern, Bernhardi, daß er seine Stellung zu uns wirklich ganz entschieden geändert hat.

Löwenstein. Flint ist ein Streber, ein Schwätzer.

Cyprian. Er hat seine Fehler, das wissen wir alle, aber er ist ein administratives Genie; er hat große Dinge vor, plant Reformen auf allen möglichen Gebieten, insbesondere auf dem des medizinischen Unterrichts und der Volkshygiene, und dazu, es sind seine eigenen Worte, braucht er Menschen, nicht Beamte. Menschen wie mich und dich –

Bernhardi. So? – Menschen braucht er – Er hat es vielleicht sogar geglaubt in dem Augenblick, da er mit dir darüber sprach.

Cyprian. Ja, er ist leicht entzündet, das wissen wir. Aber es kommt eben nur darauf an, ihn warm zu halten. Dann wird auch viel von ihm zu erreichen sein. Und dich schätzt er wirklich, Bernhardi. Er war geradezu gerührt, als er von eurer gemeinsamen Assistentenzeit bei Rappenweiler sprach. Es ist ihm aufrichtig leid, daß ihr auseinandergekommen seid, und er hofft, dies seine eigenen Worte, daß ihr euch auf der Höhe des Lebens wiederfinden werdet. Was für einen Anlaß hätte er, so etwas zu sagen, wenn er es nicht empfände?

Bernhardi. Empfände – Im Moment. Ich kenn ihn ja. Wärst du eine Viertelstunde länger bei ihm geblieben, so hätte er sich eingebildet, ich sei sein bester Freund gewesen. Und geradeso ist vor zehn Jahren das Elisabethinum, erinnere dich nur, ein Seuchenherd mitten in der Stadt gewesen, und wir – eine bedenkliche Clique allzu strebsamer junger Dozenten.

Cyprian. Er ist seither älter geworden und reifer. Er weiß heute, was das Elisabethinum bedeutet, und wir hätten einen Freund an ihm. Glaub mir, Bernhardi.

Bernhardi. *(nach einer kleinen Pause)*. Wir müssen ja heute jedenfalls noch einmal zusammenkommen, schon wegen der Besetzungssache.

Cyprian. Ja, natürlich. Ich werde auch an Tugendvetter telephonieren.

Löwenstein. Der kommt nicht.

Bernhardi. Also, wenn's euch recht ist, wollen wir uns um halb zehn im Riedhof treffen, und bei dieser Gelegenheit können wir ja noch ein Wort über die Form der sogenannten Erklärung –

Löwenstein. Bernhardi –

Bernhardi. Ich habe nämlich wirklich gar keine Lust, den Helden um jeden Preis zu spielen. Daß ich im Ernstfalle der Mann bin, durchzusetzen, was ich will, das habe ich ja schon etliche Male bewiesen. Und so wird sich vielleicht eine Form finden lassen –

Cyprian. Um die Form ist mir nicht bange. Du findest gewiß das Richtige so in deiner Art, leicht ironisch, wenn du willst, aber eben nur leicht. Am Ende würde wohl dein Lächeln genügen, das man ja der Fürstin nicht hinterbringen müßte.

Löwenstein. Ihr seid mir Männer.

Cyprian. Ruhig, Löwenstein, du bist ja doch nur der Kiebitz, dem kein Spiel zu hoch ist.

Löwenstein. Ich bin kein Kiebitz, ich bin ein Vogel auf eigene Faust.

Cyprian. Also auf Wiedersehen, Bernhardi, um halb zehn. Und du bringst ein Konzept mit.

Bernhardi. Ja, das auch deine religiösen Gefühle nicht beleidigen wird, Löwenstein.

Löwenstein. Das hab ich gar gern.

Bernhardi. *reicht beiden die Hände, und sie gehen.*

Bernhardi allein geblieben, geht ein paarmal hin und her, dann sieht er auf die Uhr, schüttelt den Kopf, nimmt sein Notizbuch hervor, schaut nach, steckt es wieder ein, mit einer Geste, als wollte er sagen: Das kann warten, dann setzt er sich an den Schreibtisch, nimmt aus einer Mappe einen Bogen Papier, beginnt zu schreiben, anfangs ernst, bald geht ein ironisches Lächeln über seine Lippen, er schreibt weiter, der Diener tritt ein.

Diener *eine Karte überreichend.*

Bernhardi. *(befremdet, zögernd – dann)*. Ich lasse bitten.

Ebenwald tritt ein. Bernhardi.

Ebenwald. Guten Abend.

Bernhardi. *(ihm entgegengehend und die Hand reichend)*. Guten Abend, Herr Kollega, was verschafft mir das Vergnügen?

Ebenwald. Wenn es Ihnen recht ist, Herr Direktor, so möchte ich ohne weitere Einleitung gleich in medias res –

Bernhardi. Selbstverständlich, – bitte. *(Lädt ihn zum Sitzen ein.)*

Ebenwald *setzt sich auf einen Sessel neben dem Schreibtisch.*

Bernhardi. *setzt sich auf seinen Schreibtischstuhl.*

Ebenwald. Ich halte es nämlich für meine Pflicht, Herr Direktor, Ihnen mitzuteilen, daß sich etwas gegen Sie, respektive gegen unser Institut, vorbereitet.

Bernhardi. So, ist es das? Da glaube ich, Sie beruhigen zu können, Herr Kollega, die Sache wird applaniert werden.

Ebenwald. Welche Sache, wenn ich fragen darf?

Bernhardi. Sie sprechen doch jedenfalls von der in der Luft schwebenden Demission des Kuratoriums?

Ebenwald. So, das Kuratorium will demissionieren? Na ja, das ist ja ziemlich – aber das erfahre ich eben von Ihnen, Herr Direktor. Ich komme wegen was ganz anderm. Wie ich aus parlamentarischen Kreisen erfahre, soll demnächst eine Interpellation in einer gewissen, Ihnen nicht unbekannten Angelegenheit eingebracht werden.

Bernhardi. Oh –! Nun, es ist anzunehmen, daß auch diese Interpellation unterbleiben wird.

Ebenwald. Also, Herr Direktor, ich bitte um Entschuldigung, ich weiß ja nicht, was Sie vorhaben, um die unerwünschte, wenn auch nicht unbegreifliche Stellungnahme gewisser Persönlichkeiten in der leidigen Affäre in günstigem Sinn für uns alle zu beeinflussen; aber, ob die Gefahr dieser Interpellation so ohne weiteres von Ihrem, das heißt von unserm Haupte abzuwenden sein wird, darüber kann ich leider nicht so optimistisch denken wie Sie, Herr Direktor.

Bernhardi. Wir müssen es eben abwarten.

Ebenwald. Das ist auch ein Standpunkt. Aber es handelt sich ja da nicht um Sie allein, Herr Direktor, sondern um unser Institut.

Bernhardi. Ist mir bekannt.

Ebenwald. Und so wäre es immerhin empfehlenswert, über einen Modus nachzudenken, durch welchen diese Interpellation verhindert werden könnte.

Bernhardi. Das stelle ich mir allerdings nicht so einfach vor. Denn die betreffenden Herren werden doch jedenfalls aus Überzeugung interpellieren, – im Namen der von mir beleidigten Religion. Und was in aller Welt könnte gesinnungstüchtige Männer veranlassen, von einem als gerecht und notwendig empfundenen Vorsatz wieder abzustehen?

Ebenwald. Was diese Leute veranlassen könnte wieder abzustehen? Nun, wenn sie zur Einsicht gelangten, daß keine Schuld, daß sie wenigstens nicht in dem Ausmaße vorhanden ist, wie ursprünglich angenommen wurde, wenn sie die Überzeugung gewännen, daß nicht etwa eine gewisse Neigung vorhanden ist, à tout prix einen, wie soll ich sagen – antikatholischen Standpunkt zu betonen –

Bernhardi. Muß das diesen Leuten wirklich erst gesagt werden?

Ebenwald. Nein, gesagt nicht, denn gesagt ist ja leicht was. Man müßte es beweisen.

Bernhardi. Das fängt ja an interessant zu werden. Wie stellen Sie sich denn einen solchen Beweis vor, Herr Kollega?

Ebenwald. Wenn man sich etwa einem konkreten Fall gegenüberbefände, aus dem die von mir angedeutete Folgerung gewissermaßen unzweideutig resultieren würde.

Bernhardi. *(ungeduldig)*. So einen Fall müßte man ja direkt konstruieren.

Ebenwald. Gar nicht notwendig. Der Fall liegt schon vor.

Bernhardi. Wieso?

Ebenwald. Morgen, Herr Direktor, soll über die Neubesetzung der Tugendvetterschen Abteilung entschieden werden.

Bernhardi. Ah!

Ebenwald *(kühl)*. Jawohl. Es stehen sich zwei Kandidaten gegenüber.

Bernhardi. *(sehr bestimmt)*. Einer, der die Stelle verdient und einer, der sie nicht verdient. Ich weiß keinen andern Unterschied, der in Betracht käme.

Ebenwald. Es wäre ja möglich, daß beide Kandidaten sie verdienen, und ich weiß nicht, Herr Direktor, ob Sie sich genügend mit Dermatologie befaßt haben, um in diesem Fall –

Bernhardi. Ich habe selbstverständlich im Laufe der letzten Wochen die Arbeiten von beiden Kandidaten durchstudiert. Es ist einfach lächerlich, – und Sie wissen das so gut wie ich, Herr Kollega –, die beiden Leute miteinander nur in einem Atem zu nennen. Ihr Doktor Hell hat ein paar Krankengeschichten geschrieben, in ziemlich fragwürdigem Deutsch nebstbei, die Arbeiten von Wenger sind außerordentlich, richtunggebend.

Ebenwald *(sehr ruhig)*. Dagegen steht die Meinung anderer, daß die Hellschen Krankengeschichten vorzüglich und für den Praktiker von enormer Bedeutung sind, während die Wengerschen Arbeiten wohl geistreich, aber nach der Ansicht von Fachleuten nicht als besonders verläßlich gelten können. Und was seine Persönlichkeit anbelangt, so erfreut sich sein präponderantes und auch sonst nicht sehr angenehmes Wesen selbst bei seinen Freunden nur geringer Sympathie. Und meiner Ansicht nach sollte bei einem Arzt, insbesondere bei dem Leiter einer Abteilung –

Bernhardi. *(immer ungeduldiger)*. Diese Diskussion erscheint mir gegenstandslos. Nicht ich habe zu entscheiden, sondern das Plenum.

Ebenwald. Aber bei Stimmengleichheit, Herr Direktor, entscheiden Sie. Und Stimmengleichheit ist mit Sicherheit vorauszusehen.

Bernhardi Wieso?

Ebenwald. Also für Wenger werden sein: Cyprian, Löwenstein, Adler und natürlich der bewährte altliberale Pflugfelder.

Bernhardi. Und Tugendvetter.

Ebenwald. Das glauben Sie selbst nicht, Herr Direktor.

Bernhardi. Hat er Ihnen schon versprochen?

Ebenwald. Das wäre kein Beweis. Aber Sie wissen ja so gut wie ich, Herr Direktor, er wird nicht für Wenger sein. Und daß der eigene Lehrer ihm die Stimme verweigern dürfte, das sollte auch Sie, Herr Direktor, etwas bedenklich –

Bernhardi. *(nach seiner Gewohnheit hin und her).* Sie wissen doch ganz gut, Herr Professor Ebenwald, warum Tugendvetter gegen seinen Schüler ist. Einfach, weil er Angst hat, durch ihn an seiner Praxis einzubüßen. Dabei ist Ihnen geradeso gut bekannt wie uns allen, daß die letzten Arbeiten Tugendvetters nicht von ihm sind, sondern von Wenger.

Ebenwald. Bitte, Herr Direktor, wollen Sie das nicht dem Herrn Professor Tugendvetter persönlich sagen?

Bernhardi. Das lassen Sie meine Sorge sein, Herr Professor, es ist immer meine Gewohnheit gewesen, den Leuten ins Gesicht zu sagen, was ich denke. Und so sage ich Ihnen, Herr Professor, daß Sie nur darum für Hell agitieren, weil er – kein Jude ist.

Ebenwald *(sehr ruhig).* Mit demselben Recht könnte ich Ihnen erwidern, Herr Direktor, daß Ihre Stellungnahme für Wenger –

Bernhardi. Sie vergessen, daß ich vor drei Jahren für Sie gestimmt habe, Herr Professor Ebenwald.

Ebenwald. Aber mit einiger Selbstüberwindung, nicht wahr? Und so ging's mir auch mit dem Wenger, Herr Direktor. Und darum tu ich's nicht. So was bereut man immer. Und selbst, wenn ich eine höhere Meinung von Wenger hätte, ich versichere Sie, Herr Direktor, in einer Korporation kommt es nicht allein auf das Talent des Einzelnen an –

Bernhardi. Sondern auf den Charakter.

Ebenwald. Auf die Atmosphäre, hab ich sagen wollen. Und hier sind wir wieder bei dem Ausgangspunkte unserer Unterhaltung angelangt. Es ist ja wirklich schrecklich, daß bei uns in Österreich alle Personalfragen auf politischem Gebiete endigen. Aber damit muß man sich schon einmal abfinden. Schaun Sie, Herr Direktor, wenn der Hell ein Idiot wär, so möcht ich natürlich nicht für ihn stimmen und es Ihnen nicht zumuten. Aber schließlich, er macht die Leute grad so gesund wie der Wenger. Und wenn Sie bedenken, Herr Direktor, daß durch eine Stellungnahme Ihrerseits möglicherweise auch alle die unbequemen Folgen vermieden würden, die durch jene andere Affäre – Eine Garantie kann ich natürlich nicht übernehmen. Denn es ist ja nur ein Einfall von mir.

Bernhardi. Ah!

Ebenwald. Selbstverständlich. Aber es wäre jedenfalls der Mühe wert, Herr Direktor, wenn Sie sich die Sache einmal sine ira et studio überlegten. Wir können ja morgen vor der Sitzung noch einmal darüber sprechen.

Bernhardi. Das dürfte überflüssig sein.

Ebenwald. Wie Sie meinen, Herr Direktor. Aber wenn ich mir eine Bemerkung erlauben darf, Sie sollten nicht durch einen falschen Stolz – es bleibt ja natürlich alles unter uns –

Bernhardi. Ich habe keinerlei Anlaß, Sie um Ihre Diskretion zu ersuchen, Herr Professor. Sagen Sie den Herren, die Sie hergeschickt haben, –

Ebenwald. Oho!

Bernhardi. Daß ich auf Geschäfte solcher Art nicht eingehe und –

Ebenwald. Pardon, es hat mich niemand hergeschickt; Bestellungen entgegenzunehmen, bin ich also nicht in der Lage. Mein Besuch bei Ihnen, Herr Direktor, war ein durchaus inoffizieller. Das bitte festzuhalten. Ich bin weder als Abgesandter gekommen noch in meinem Interesse, da ich mich ja keineswegs geneigt finde, die Verantwortung für Ihre Haltung gegenüber Seiner Hochwürden mitzutragen, – sondern in dem Interesse unseres Institutes und in dem Ihren, Herr Direktor. Sie haben die dargebotene Freundeshand verschmäht –

Bernhardi. Und Sie gehen als Feind. Mir lieber. Es ist die ehrlichere Rolle.

Ebenwald. Nach Belieben, Herr Direktor. – Ich habe die Ehre.

Bernhardi. Guten Abend.

(Begleitet ihn zur Türe, Ebenwald ab. Bernhardi allein, einige Male auf und ab, ergreift das Blatt, auf das er früher zu schreiben begonnen, liest es durch, dann nimmt er es und reißt es auseinander. Sieht wieder auf die Uhr, macht sich fertig. Der Diener tritt ein.)

Bernhardi. Was gibt's denn?

Diener *überreicht ihm eine Karte.*

Bernhardi. Wie? Persönlich? Ich meine, Seine Exzellenz selbst ist hier?

Diener. Jawohl, Herr Professor.

Bernhardi. Ich lasse bitten.

Diener *ab. Gleich darauf tritt Flint ein.*

Bernhardi. Flint, groß, schlank, fünfzig vorüber, kurzgeschnittenes Haar, kleine Bartkoteletten, eine nicht ganz unbeabsichtigte Diplomatenmaske, sehr liebenswürdig, oft mit echter Wärme.

Bernhardi. *(noch an der Türe)*. Exzellenz? *(Mit seinem leicht ironischen Lächeln.)*

Flint *(ihm die Hand reichend)*. Wir haben uns lange nicht gesehen, Bernhardi.

Bernhardi. Doch erst neulich, – in der Gesellschaft der Ärzte.

Flint. Ich meine, so privat.

Bernhardi. Ja, das freilich. – Willst du nicht Platz nehmen?

Flint. Danke, danke. *(Er setzt sich, Bernhardi bald nach ihm. Absichtlich leicht.)* Es wundert dich, mich bei dir zu sehen?

Bernhardi. Ich bin – angenehm überrascht, und will die Gelegenheit nicht versäumen, dir zu deiner neuen Würde Glück zu wünschen.

Flint. Würde! Du weißt wohl, daß ich meine neue Stellung nicht so auffasse. Aber nichtsdestoweniger nehme ich deinen Glückwunsch mit ganz besonderer Befriedigung entgegen. Freilich bin ich nicht ausschließlich gekommen, um mir diesen Glückwunsch persönlich einzukassieren, wie du dir wohl denken kannst.

Bernhardi. Allerdings.

Flint *(einsetzend)*. Also, mein lieber Bernhardi, ich brauche dir nicht erst zu sagen, daß ich nicht beabsichtige, mein Portefeuille als Ruhekissen zu benützen, sondern daß ich entschlossen bin, die möglicherweise nur karg bemessene Spanne Zeit, die mir auf meinem Posten gegönnt ist, zur Durchführung von allerlei Reformen zu benützen, die mir, wie du dich vielleicht erinnern kannst, von Jugend auf am Herzen liegen. Reformen auf dem Gebiete des medizinischen Unterrichtes, der sozialen Hygiene, der allgemeinen Volksbildung, na, und so weiter. Hierzu genügen selbstverständlich die braven, aber doch in ihrer Weltauffassung etwas schablonenhaften Leute nicht, die mir die Regierung zur Verfügung stellt. Hierzu brauche ich gewissermaßen einen Stab, einen freiwilligen Stab natürlich, von selbständig denkenden, vorurteilslosen Männern. An tüchtigen Beamten ist ja kein Mangel in Österreich und speziell bei uns im Unterrichtsministerium; aber was ich zur Durchführung meiner Pläne brauche, sind Menschen. Und ich komme dich fragen, lieber Bernhardi, ob ich auf dich rechnen kann.

Bernhardi. *(nach einem leichten Zögern)*. Du wirst vielleicht die Güte haben, dich etwas präziser zu fassen.

Flint. Noch präziser? – hm – Nun – ich war ja darauf vorbereitet, dich spröde zu finden.

Bernhardi. Nein, gewiß nicht. Ich wünsche nur, daß du dich näher erklärst. Früher kann doch ich nicht – ich muß doch wissen, auf welchem Gebiet du meine Mitwirkung brauchst. *(Mit seinem ironischen*

Lächeln.) Auf dem des medizinischen Unterrichtes, der sozialen Hygiene, der Volksbildung. – Hab ich noch etwas vergessen?

Flint. Immer der Alte noch. Aber gerade darum gestatte ich mir, auf dich besondere Hoffnungen zu setzen. Es liegt ja vielleicht noch manches zwischen uns, obwohl ich wirklich nicht recht weiß –

Bernhardi. *(ernst).* Ich will es dir sagen, Flint; die Freundschaft einer Jugend und – was dann daraus wurde.

Flint *(herzlich).* Aber was wurde denn daraus, Bernhardi? Man kam eben ein wenig auseinander mit der Zeit. Das lag in den Verhältnissen, vielleicht selbst ein wenig in den Gesetzen unserer inneren Entwicklung.

Bernhardi. Ganz meine Ansicht.

Flint. Solltest du nachträgerisch sein, Bernhardi?

Bernhardi. Ich habe nur ein gutes Gedächtnis.

Flint. Das kann auch ein Fehler sein, Bernhardi, wenn es die klare Auffassung gegenwärtiger Verhältnisse behindert. Ich dachte eigentlich, die Streitaxt zwischen uns wäre tief begraben, und die Jahre des Kampfes vergessen.

Bernhardi. Kampf? Das ist ein recht edles Wort für eine nicht sonderlich edle Sache.

Flint. Bernhardi!

Bernhardi. Nein, mein Lieber, es war nicht schön! Und es erschiene mir wie eine Treulosigkeit gegen meine eigene Vergangenheit, wenn ich so leicht darüber hinweggehen könnte. *(Er ist aufgestanden.)* Oh, mit welchen Waffen habt ihr uns damals bekämpft, du und die andern Ordinarii; mit welchen Mitteln habt ihr versucht, unser junges Unternehmen zu untergraben! Was habt ihr alles aufgebracht, um uns in der Meinung der Leute herabzusetzen, wie habt ihr uns verdächtigt und verfolgt! Wir gründen unser Institut, um den praktischen Ärzten das Geld abzujagen. Wir verseuchen die Stadt, wir wollen eine zweite medizinische Fakultät gründen –

Flint *(ihn unterbrechend)*. Mein lieber Bernhardi, alle diese Vorwürfe wären in gewissem Sinn auch heute aufrecht zu erhalten, wenn nicht das Gute, das ihr auf wissenschaftlichem und humanitärem Gebiete leistet, die weniger positiven Seiten eures Unternehmens längst wettgemacht hätte. Das haben wir eingesehen, ich vor allen, lieber Bernhardi, und aus diesem Grund, nur aus diesem Grunde haben wir unsere Haltung gegen euch geändert. Und du darfst mir glauben, daß das Elisabethinum heute keinen wärmeren Freund besitzt als mich – wie es ja überhaupt niemals persönliche Motive waren, die mich in meiner Stellung gegenüber euch beeinflußt haben, und ich nur aus meiner Überzeugung heraus –

Bernhardi. Ja, das suggeriert man sich dann immer in der wachsenden Erbitterung des Kampfes. Die Überzeugung!

Flint. Entschuldige, Bernhardi. Unsere Fehler haben wir ja alle. Du wahrscheinlich so gut wie ich. Aber wenn ich irgend etwas behaupten kann, so ist es, daß ich niemals, auch nur im kleinsten, gegen meine Überzeugung gesprochen oder gehandelt habe.

Bernhardi. Du weißt das ganz bestimmt?

Flint. Bernhardi!

Bernhardi. Denke einmal genau nach.

Flint *(etwas unsicher)*. Ich mag geirrt haben in meinem Leben wie wir alle, aber gegen meine Überzeugung – Nein! –

Bernhardi. Also, mir ist ein Fall bekannt, in dem du ganz erweislichermaßen gegen deine Überzeugung gehandelt hast.

Flint. Da muß ich aber doch –

Bernhardi. Und daß du so gehandelt hast, das hatte sogar damals den Tod eines Menschen zur Folge.

Flint. Das ist doch etwas stark. Nun muß ich aber darauf bestehen –

Bernhardi. Bitte, bitte. *(Er geht einige Male im Zimmer hin und her, bleibt plötzlich stehen, sehr lebhaft.)* Wir waren damals Assistenten bei

Rappenweiler. Da lag ein junger Mensch auf der Klinik, ich sehe ihn noch vor mir, ich weiß sogar noch seinen Namen, Engelbert Wagner, Diurnist, bei dem unser Chef und übrigens wir alle eine falsche Diagnose gestellt hatten. Als es zur Sektion kam, da stellte sich heraus, daß der Kranke durch eine andere *(antiluetische)* Behandlung zu retten gewesen wäre. Und wie wir da unten standen und die Sache klar wurde, da hast du mir zugeflüstert: Ich hab's ja gewußt. Erinnerst du dich? Du hattest gewußt, was dem Kranken fehlt, du hattest die richtige Diagnose gestellt –

Flint. Als einziger.

Bernhardi. Ja, als einziger. Hast es aber sorgfältig vermieden, bei Lebzeiten des Kranken etwas davon verlauten zu lassen. Und warum du es vermieden hast, das ist eine Frage, die du dir selbst beantworten magst. Aus Überzeugung dürfte es wohl nicht gewesen sein.

Flint. Donnerwetter, du hast ein gutes Gedächtnis. Auch ich erinnere mich dieses Falles, und es stimmt, ich habe es tatsächlich für mich behalten, daß ich eine andere Behandlung für erfolgversprechend, sogar für geboten erachtete. Und es sei dir ohne weiteres zugestanden, ich hatte nur deshalb geschwiegen, um Rappenweilers Empfindlichkeit nicht zu verletzen, der, wie du weißt, es nicht gerne sah, wenn seine Assistenten klüger waren als er. Und so machst du mir vielleicht ganz mit Recht den Vorwurf, daß ich ein menschliches Leben hingeopfert habe. Nur in den Gründen, in den tieferen Gründen, die du mir unterschiebst, bist du im Irrtum. Dieses eine Opfer, Bernhardi, mußte fallen zugunsten von Hunderten anderer Menschenleben, die später sich meiner ärztlichen Kunst anvertrauen sollten. Ich konnte damals Rappenweilers Protektion noch nicht völlig entbehren, und die Professur in Prag stand in nächster Aussicht.

Bernhardi. Du glaubst, daß dich Rappenweiler fallen gelassen hätte, wenn du –

Flint. Es ist sehr wahrscheinlich. Du bist ein Überschätzer der Menschheit, Bernhardi. Du ahnst nicht, wie kleinlich die Leute sind.

Meine Karriere hätte es mich natürlich nicht gekostet, aber einen Aufschub hätte es immerhin bedeuten können. Und mir lag daran, schnell vorwärtszukommen, um für meine Begabung, die auch du nicht leugnen wirst, den nötigen Spielraum zu gewinnen. Darum, mein lieber Bernhardi, habe ich den Diurnisten Engelbert Wagner sterben lassen, und ich fühle mich sogar außerstande, es zu bereuen. Denn es will nicht viel besagen, lieber Bernhardi, sich in irgendeinem unbeträchtlichen Einzelfall korrekt oder, wenn du willst, überzeugungstreu zu benehmen, es handelt sich darum, der immanenten Idee seines eigenen Lebens mit Treue zu dienen. Es ist mir in vieler Hinsicht interessant, daß du im Verlaufe unserer heutigen Unterredung den armen Engelbert Wagner aus seinem Grabe wieder emporzitierst, denn geradezu blitzhaft erkenne ich nun den tiefern inneren Unterschied zwischen dir und mir, und – du wirst vielleicht staunen, Bernhardi – unsere Fähigkeit einander zu ergänzen. Du bist vielleicht das, Bernhardi, und mehr als ich, was man einen anständigen Menschen nennt. Sentimentaler bist du in jedem Fall. Aber ob du imstande wärest, für das Wohl eines großen Ganzen mehr zu leisten als ich, das erscheint mir sehr fraglich. Was dir fehlt, Bernhardi, das ist der Blick fürs Wesentliche, ohne den alle Überzeugungstreue doch nur Rechthaberei bleibt. Denn es kommt nicht aufs Rechthaben an im Einzelnen, sondern aufs Wirken im Großen. Und solche Möglichkeit des Wirkens hinzugeben für das etwas ärmliche Bewußtsein, in irgendeinem gleichgültigen Fall das Rechte getan zu haben, erscheint mir nicht nur klein, sondern im höheren Sinne unmoralisch. Jawohl, mein lieber Bernhardi. Unmoralisch.

Bernhardi. *(sich besinnend)*. Wenn ich den Ton deiner Worte recht deute, hast du jetzt offenbar etwas ganz Bestimmtes im Auge.

Flint. Es hat sich sozusagen, während ich sprach, in mein Gesichtsfeld geschoben.

Bernhardi. Und sollten wir nun nicht ganz unversehens dem eigentlichen Zwecke deines Besuches nähergeraten sein?

Flint. Nicht dem eigentlichen, aber immerhin einem nicht ganz nebensächlichen.

Bernhardi. Und deswegen bemühst du dich –

Flint. Auch deswegen. Denn die Angelegenheit, an die wir jetzt beide denken, dürfte, wie ich mit einiger Sicherheit voraussehe, weitere Kreise ziehen. Du hast das selbstverständlich nicht geahnt. Du hast, wie es deine liebenswürdige, aber manchmal unglückliche Eigenschaft ist, in der gewiß edlen Erregung des Augenblicks unterlassen weiterzublicken. Und so hast du in deinem Auftreten gegenüber Seiner Hochwürden eine Kleinigkeit vergessen, nämlich, daß wir in einem christlichen Staate leben. – Ich weiß nicht, was es da zu lächeln gibt.

Bernhardi. Du wirst dich wieder einmal über mein gutes Gedächtnis wundern. Ich erinnere mich eines Artikels, den du als junger Mensch schreiben wolltest. Er sollte den Titel führen: Gotteshäuser – Krankenhäuser.

Flint. Hm!

Bernhardi. Du wolltest dahin wirken, daß man statt der vielen Kirchen lieber mehr Spitäler baue.

Flint. Ach, einer von den vielen Artikeln, die ich schreiben wollte und nicht geschrieben habe.

Bernhardi. Und nie schreiben wirst.

Flint. Den gewiß nicht. Heute weiß ich, daß sie sehr gut nebeneinander bestehen können, die Gotteshäuser und die Krankenhäuser, und daß in den Gotteshäusern manches Leid geheilt wird, dem wir in den Spitälern, lieber Bernhardi, vorläufig machtlos gegenüberstehen. Aber wir wollen uns nicht in politische Diskussionen verlieren, nicht wahr?

Bernhardi. Um so weniger, als ich dir auf dieses Gebiet kaum folgen könnte.

Flint. Nun ja, das dürfte stimmen. Also, beschränken wir uns lieber auf den speziellen Fall.

Bernhardi. Ja, tun wir das. Ich bin sehr neugierig, was für einen Vorschlag mir Seine Exzellenz der Minister für Kultus und Unterricht zu überbringen hat.

Flint. Vorschlag? Ich habe keinen bestimmten. Ich kann dir nur nicht verhehlen, daß die Stimmung gegen dich überall, wo man hinhören kann, auch in Kreisen, wo du es gar nicht vermuten würdest, eine höchst ungünstige ist, und ich es um deinet- und um eures Institutes willen von Herzen wünschte, daß man die ganze Affäre, soweit es noch möglich ist, aus der Welt schaffen könnte.

Bernhardi. Das wünschte auch ich.

Flint. Wie?

Bernhardi. Ich hätte nämlich allerlei viel Wichtigeres zu tun, als mich mit dieser Sache noch lange zu beschäftigen.

Flint. Sprichst du im Ernst?

Bernhardi. Wie kannst du daran zweifeln. Ich kann dir sogar sagen, daß ich vor kaum einer Stunde mit Cyprian und Löwenstein über eine Erklärung beraten habe, mit der sich die angeblich beleidigten Faktoren sicher zufrieden geben würden.

Flint. Das wäre ja – das wäre ja ausgezeichnet. Aber ich fürchte, unter den gegenwärtigen Umständen kämen wir damit nicht ganz aus.

Bernhardi. Wieso? Was sollte ich denn?

Flint. Wenn du vielleicht – du würdest dir meiner Ansicht nach nicht das Geringste vergeben, um so weniger, als meines Wissens noch keinerlei offizielle Anzeige erstattet worden ist, wenn du durch einen persönlichen Besuch bei Seiner Hochwürden –

Bernhardi. Wie?

Flint. Es würde den vortrefflichsten Eindruck machen. Da du nun doch einmal, sagen wir, die Unvorsichtigkeit begangen hast, Seine Hochwürden gewissermaßen mit Gewalt zu verhindern –

Bernhardi. Mit Gewalt?

Flint. Das ist natürlich ein zu starkes Wort. Aber immerhin, du hast ihn doch von der Türe, so wird wenigstens erzählt, –

Bernhardi. Was wird erzählt?

Flint. – einigermaßen heftig weggedrängt.

Bernhardi. Das ist eine Lüge. Du wirst mir doch glauben –

Flint. Also du hast ihn nicht fortgestoßen?

Bernhardi. Ich habe ihn kaum berührt. Wer von Anwendung einer Gewalt spricht, ist ein bewußter Lügner. Oh, ich weiß ja, wer die Leute sind. Aber das soll ihnen nicht – Jetzt werde ich selbst –

Flint. Aber Ruhe, Bernhardi. Offiziell liegt ja nicht das Geringste vor. Wenn du nun doch schon entschlossen bist, eine Erklärung abzugeben, so wäre es doch das einfachste, bei dieser Gelegenheit ausdrücklich zu erwähnen, daß alle diese Gerüchte –

Bernhardi. Pardon, lieber Flint, du befindest dich in einem Irrtum. Ich habe allerdings eine Erklärung im Sinne gehabt, die ich vorerst in der morgigen Sitzung abgeben wollte, aber es sind indes Umstände eingetreten, die mir die Abgabe einer solchen Erklärung absolut unmöglich machen.

Flint. Was ist denn das wieder? Welche Umstände?

Bernhardi. Zwingende, du kannst es mir glauben.

Flint. Hm. Und du kannst mir nichts Näheres darüber verraten? Es würde mich in hohem Grade interessieren. –

Bernhardi. *(wieder lächelnd)*. Sage, mein lieber Flint, solltest du wirklich nur gekommen sein, um mir aus einer Verlegenheit zu helfen?

Flint. Wenn es mir gleichgültig wäre, wie die Sache für dich – und euer Institut ausgeht, so brauchte sie mich wahrhaftig nicht weiter zu kümmern. Du hast dich zum mindesten so unrichtig benommen, daß ich mir wenig Gewissen daraus machte, dich deine Suppe einfach selber auslöffeln zu lassen, wenn es mir nicht um dich und euer Institut leid täte.

Bernhardi. Also kurz und gut, du möchtest um meinetwillen, daß ich dir – eine Interpellation im Parlament erspare.

Flint. Allerdings. Es ist nicht viel in der Sache zu holen. Du hast dich nun einmal dem Pfarrer gegenüber nicht absolut korrekt benommen. Und als ehrlicher Mann wäre man verpflichtet, das wenigstens zuzugeben, wenn man auch im übrigen für die Reinheit deiner Intentionen, für deine Bedeutung als Mann der Wissenschaft –

Bernhardi. Mein lieber Flint, du ahnst wohl nicht, wie sehr du deine Macht überschätztest.

Flint. Hm –

Bernhardi. Du bildest dir offenbar ein, daß es überhaupt noch in deinem Belieben liegt, eine solche Interpellation zu verhindern.

Flint. Bei dir liegt es. Ich kann dich versichern.

Bernhardi. Bei mir, ja. Du weißt gar nicht, wie recht du hast. Bei mir allein. Vor einer halben Stunde hatte ich es in der Hand, die Gefahr dieser Interpellation von meinem und deinem Haupte abzuwenden.

Flint. Du hattest –

Bernhardi. Ja, auf die einfachste Art von der Welt. Die Abteilung Tugendvetter ist bei uns neu zu besetzen, wie du weißt. Morgen haben wir eine Sitzung. Wenn ich mich verpflichtet hätte, im Falle von Stimmengleichheit nicht für Wenger, sondern für Hell zu stimmen, wäre alles in Ordnung.

Flint. Verpflichtet? Wieso? Wem gegenüber?

Bernhardi. Ebenwald war eben bei mir. Er hat mir diesen Antrag überbracht.

Flint. Hm. Glaubst du wirklich? –

Bernhardi. Jedenfalls hatte ich den Eindruck, als wenn Ebenwald zum Abschluß dieses Handels ausreichende Vollmacht besäße, wenn er es auch geleugnet hat. Vielleicht hätte ich auch nur hineinfallen sollen, und die Interpellation wäre jedenfalls erfolgt, auch wenn ich für Hell meine Stimme abgegeben hätte.

Flint *(hin und her)*. Unser Kollege Ebenwald ist sehr befreundet mit seinem Vetter, dem Abgeordneten Ebenwald. Der ist ein Führer der Klerikalen, und wenn der nicht will, würde die Interpellation gewiß unterbleiben. Ich glaube schon, daß unser Kollege Ebenwald in diesem Fall sozusagen ehrlich vorgegangen ist. Nun, wie hast du dich seinem Antrag gegenüber verhalten?

Bernhardi. Flint!

Flint. Nun ja, du hältst Wenger wohl für den bedeutenderen Dermatologen.

Bernhardi. Du doch auch. Du weißt so gut wie ich, daß Hell eine Null ist. Und selbst wenn die beiden gleichberechtigt wären, so hätte es mir Ebenwald doch einfach durch sein Ansinnen unmöglich gemacht, für einen andern als für Wenger zu stimmen.

Flint. Ja, sehr schlau hat das Ebenwald allerdings nicht angestellt.

Bernhardi. Nicht schlau –?! und das ist alles, was du zu sagen hast? Ich finde dich etwas mild, mein lieber Flint.

Flint. Mein guter Bernhardi, die Politik –

Bernhardi. Was geht mich denn die Politik an?

Flint. Sie geht uns alle an.

Bernhardi. Und du meinst, weil derartige Infamien alle Tage vorkommen in eurer sogenannten Politik, soll ich diese neueste lächelnd als selbstverständlich hinnehmen und den schmählichen Handel überhaupt in Erwägung ziehen?

Flint. Es wäre ja möglich, daß die Frage gar nicht an dich herantritt, daß keine Stimmengleichheit vorliegt und Hell oder Wenger ohne dein Zutun gewählt würden.

Bernhardi. Oh, mein lieber Flint, so bequem wird dir die Sache nicht gemacht.

Flint. Mir? Ich denke –

Bernhardi. *(warm)*. Flint, wenn du heut auch Minister bist, du bist doch am Ende auch Arzt, ein Mann der Wissenschaft, ein Mann der Wahrheit. Wie sagtest du doch früher selbst? Auf den Sinn für das Wesentliche käme es an. Nun, wo ist hier das Wesentliche? Siehst du es nicht? Daß der Fähigste die Abteilung bei uns bekommt, der, dem dann die Möglichkeit gegeben ist, für die kranken Menschen und für die Wissenschaft was Ordentliches zu leisten. Darauf kommt es an, nicht wahr? Das ist das Wesentliche. Nicht daß mir oder dir die Unbequemlichkeit einer Interpellation erspart bleibt, auf die sich ja nötigenfalls eine nicht üble Antwort finden ließe.

Flint. Hm. Um eine Antwort wäre mir freilich nicht bange.

Bernhardi. Das denke ich mir auch.

Flint. Sag einmal, Bernhardi, wärst du imstande, es schriftlich niederzulegen – ich meine, ob du mir einen Brief schreiben könntest, der diese ganze Angelegenheit kurz und schlagend darstellt, damit ich erforderlichenfalls –

Bernhardi. Erforderlichenfalls?

Flint. Jedenfalls will ich es schwarz auf weiß in der Hand haben. Vielleicht würde es nicht notwendig werden, diesen Brief zu verlesen. Man könnte anfangs ziemlich reserviert erwidern, wenn sie interpellieren, mein ich. Aber dann, wenn sie nicht Ruhe geben, dann käme man mit deinem Brief.

(Geste, wie wenn er den Brief aus der Brusttasche zöge.)

Bernhardi. Da wird dir deine parlamentarische Erfahrung wohl den richtigen Weg zeigen.

Flint. Erfahrung? Vorläufig wohl mehr Intuition. Aber ich glaube, es würde gar nicht bis dahin kommen, – bis zur Verlesung deines Briefes, meine ich. Schon aus meinen ersten Worten würden sie merken, aus meinem Tonfall, daß ich noch etwas im Hinterhalt habe. Alle würden es merken. Denn ich habe sie, Bernhardi, sobald ich zu reden anfange, habe ich sie alle. Geradeso wie ich meine Hörer auf der Klinik gehabt habe, geradeso habe ich die Herren im Parlament. Da war neulich eine kleine Debatte über die neue Schulgesetznovelle, ich habe nur ganz beiläufig eingegriffen, aber du kannst dir kaum eine Vorstellung machen von der atemlosen Stille im Haus, Bernhardi. Ehrlich gestanden, ich habe gar nichts Besonderes gesagt. Aber sofort hatte ich ihr Ohr. Und darauf kommt es an. Sie hören mir zu. Und wenn man einem nur wirklich zuhört, kann man ihm nicht mehr ganz unrecht geben.

Bernhardi. Gewiß.

Flint. Und auf die Gefahr hin, daß du es für Eitelkeit hältst, Bernhardi, ich fange beinahe an zu wünschen, daß die Kerle interpellieren.

Bernhardi. Flint!

Flint. Denn bei dieser Gelegenheit könnte man sehr ins Allgemeine gehen. Ich sehe nämlich in diesem Einzelfall ein Symbol für unsere ganzen politischen Zustände.

Bernhardi. Ist's wohl auch.

Flint. Das geht mir immer so, – auch scheinbar ganz bedeutungslosen Einzelfällen gegenüber. Jeder wird irgendwie für mich zum Symbol. Das ist's wohl, was mich für die politische Laufbahn prädestiniert.

Bernhardi. Allerdings.

Flint. Und darum meine ich, man könnte bei dieser Gelegenheit ins Allgemeine gehen.

Bernhardi. Aha, Gotteshäuser – Krankenhäuser.

Flint. Du lächelst. – Mir ist es leider nicht gegeben, solche Dinge leicht zu nehmen.

Bernhardi. Ja, mein lieber Flint, nach all dem, was du jetzt gesagt hast, müßte man ja beinahe den Eindruck haben, daß du geneigt wärst, in der Angelegenheit auf meiner Seite zu stehen.

Flint. Da gehört wohl nicht viel Scharfsinn dazu. Ich will es dir gestehen. Anfangs war ich nicht so vollkommen, – denn dein Vorgehen gegen den Pfarrer find ich nach wie vor nicht sonderlich korrekt. – Aber dieser Ebenwald-Handel, der rückt doch alles in eine ganz andere Beleuchtung. Wichtig ist natürlich nur, daß vorläufig all das ein Geheimnis zwischen uns beiden bleibt. Ich meine, daß du auch deinen Freunden von dieser Ebenwaldsache kein Wort mitteilst. Denn wenn die Leute Wind davon bekommen, was ich vorhabe, so könnten sie sich's am Ende überlegen und von der Interpellation abstehen. Also du behältst dir natürlich eine Abschrift von dem Brief zurück, aber der Inhalt bleibt geheim bis zu dem Augenblick, da ich ihn auf den Tisch des Hauses niederlege.

(Geste ohne Übertriebenheit.)

Bernhardi. Es ist mir ja höchst erfreulich, daß du so – aber – ich will dir doch noch etwas zu bedenken geben. Die Partei, gegen die du aufzutreten hättest, ist sehr stark, sehr rücksichtslos, – und es ist die Frage, ob du imstande sein wirst, ohne sie zu regieren.

Flint. Es käme auf die Probe an.

Bernhardi. Immerhin, wenn dir dein Amt lieber sein sollte –

Flint. Als du –

Bernhardi. Als die Wahrheit, – nur auf die kommt es an, dann rühre lieber nicht an die Sache, dann setz dich lieber nicht für mich ein.

Flint. Für dich? Tu ich ja gar nicht. Für die Wahrheit, für die gerechte Sache.

Bernhardi. Und bist du denn nun auch ganz überzeugt, Flint, daß diese unbeträchtliche Affäre den Einsatz wert ist?

Flint. Diese unbeträchtliche Affäre? Bernhardi! – Merkst du denn noch immer nicht, daß hier viel höhere Werte zur Diskussion stehen, als es auf den ersten Blick den Anschein hat? Daß es sich in gewissem Sinne hier um den ewigen Kampf zwischen Licht und Dunkel – Aber das klingt nach Phrase.

Bernhardi. Ein Kampf jedenfalls, mein lieber Flint, dessen Ausgang unter den heutigen Verhältnissen ziemlich unsicher ist, und in dem deine ganze Ministerherrlichkeit –

Flint. Laß das meine Sorge sein. Wie immer es kommt, ich kann mir keinen schöneren Tod denken als für eine gerechte Sache und – zugunsten von einem, der – gestehe es nur – noch vor einer Stunde mein Feind war.

Bernhardi. Dein Feind bin ich nicht gewesen. Und jedenfalls werde ich gerne bereit sein, dir abzubitten, wenn ich dir unrecht getan haben sollte. Aber das will ich dir gleich sagen, Flint, selbst für den Fall, daß die Sache für dich kein ganz gutes Ende nimmt, Gewissensbisse werde ich keine haben. Denn du weißt, wo das Recht ist in diesem Falle, und ich lehne es von vornherein ab, dich etwa zu bewundern dafür, daß du im Ernstfall deine Pflicht tun wirst.

Flint. Das sollst du auch nicht, Bernhardi. *(Er reicht ihm die Hand.)* Leb wohl. *(Möglichst leicht.)* Ich hatte einen Menschen gesucht, ich habe ihn gefunden. Auf Wiedersehen!

Bernhardi. Auf Wiedersehen, Flint! *(Zögernd.)* Ich danke dir.

Flint. Oh! Auch das darfst du niemals tun. Unsere Sympathie soll auf festerem Grunde ruhen. *(Er geht.)*

Bernhardi. *(bleibt eine Weile sinnend stehen).* Nun, wir werden ja sehen.

Vorhang

Dritter Akt

Sitzungssaal im Elisabethinum. In der üblichen Weise eingerichtet. Langer grüner Tisch in der Mitte, Schränke, zwei Fenster rückwärts, Mitte. Photographien von berühmten Ärzten, ein Porträt der Kaiserin Elisabeth über der Eingangstüre links. Es ist Abend, künstliche Beleuchtung. Lüster mit großem grünen Schirm. Anfangs noch nicht alle Flammen aufgedreht. Seite rechts an der Wand kleinerer Tisch.

Hochroitzpointner, sitzend über einem großen Protokollbuch, von einem andern Blatt abschreibend.

Dozent Dr. Schreimann tritt ein. Er ist groß, glatzköpfig, schwarzer martialischer Schnurrbart, Schmiß über der Stirn, Brille. Auffallend tiefes, biederes Bierdeutsch, betont österreichischer Dialekt mit plötzlich durchschlagenden jüdischen Akzenten.

Hochroitzpointner *(springt auf)*. Habe die Ehre, Herr Regi – Herr Dozent.

Schreimann. Servus. Na, ausg'schlafen vom Ball, Hochroitzpointner?

Hochroitzpointner. Ich habe mich gar nicht niedergelegt, Herr Dozent. Es war nimmer der Müh wert.

Schreimann *(da Hochroitzpointner noch immer in einer Habachtstellung steht)*. Aber bequem, bequem.

Hochroitzpointner *(in gemütlicherer Stellung)*. Bis sieben habe ich getanzt, um acht war ich schon auf der internen Abteilung, um zehn auf der chirurgischen, um zwölf –

Schreimann *(ihn unterbrechend, setzt sich an den Tisch)*. Hören S' schon auf, ich weiß ja, daß Sie überall sind. Und jetzt haben Sie das Protokoll von der letzten Sitzung ins Reine g'schrieben?

Hochroitzpointner. Bin leider nicht früher dazu gekommen, Herr Dozent.

Schreimann. Aber, aber, ist ja überhaupt nicht Ihre Pflicht. Ich spreche Ihnen in meiner Eigenschaft als Schriftführer den Dank aus. Haben S' nur alles gut lesen können? *(Zu ihm hin, im Protokoll lesend, murmelnd.)* Abstimmung – Vier Stimmen für den außerordentlichen Professor an der Grazer Universität Hell, vier für den Doktor S. Wenger – *(zu Hochroitzpointner gewandt)* Samuel –

Hochroitzpointner. Das wird aber doch nicht ausgeschrieben.

Schreimann. Möcht wissen, warum. Mein Großvater zum Beispiel hat Samuel geheißen und hat sich immer ausgeschrieben, und ich heiße Siegfried und schreib mich auch immer aus.

Hochroitzpointner *(dumm)*. Jawohl, Herr Regimentsarzt.

Schreimann. Aber ich bin doch nimmer Ihr Regimentsarzt. *(Er liest weiter.)* Der Direktor machte von seinem statutengemäßen Recht Gebrauch, bei Stimmengleichheit zu dirimieren, und entschied für Dozenten Doktor Wenger, womit dieser als Chef der Abteilung für Dermatologie und Syphilis gewählt erscheint. *(Kleine Pause.)* Na, sind Sie zufrieden mit Ihrem neuen Chef?

Hochroitzpointner *(unwillkürlich die Hacken zusammenschlagend)*. Gewiß.

Schreimann *(lachend, ihm die Hand auf die Schulter legend)*. Aber was machen S' denn, Hochroitzpointner? Sie sind doch nimmer militärärztlicher Eleve unter mir.

Hochroitzpointner. Leider, Herr Dozent. Waren schöne Zeiten.

Schreimann. Ja, jünger waren wir halt. Aber sagen Sie mir, Hochroitzpointner, weil wir schon dabei sind, wann gedenken Sie eigentlich Ihr letztes Rigorosum zu machen?

Ebenwald tritt ein. Schreimann, Hochroitzpointner.

Ebenwald. Ja, das frag ich ihn auch immer.

Hochroitzpointner. Habe die Ehre, Herr Professor.

Ebenwald. Servus, Schreimann.

Schreimann. Servus.

Ebenwald. Wissen S' was, Hochroitzpointner, Sie sollten nächstens einmal Urlaub nehmen von den verschiedenen Abteilungen und büffeln. Verstehn S', büffeln, damit Sie endlich fertig werden. Was machen Sie übrigens da im Sitzungszimmer?

Schreimann. Der Doktor war so freundlich und hat mir das Protokoll ins Reine geschrieben.

Ebenwald. Also das auch noch. Nein, was das Elisabethinum ohne den Hochroitzpointner anfangen möcht! – Und gestern auf dem Ball waren Sie doch Vortänzer?

Hochroitzpointner *(dumm)*. Vor- und Nachtänzer, Herr Professor.

Schreimann. Und hat sich nicht einmal niedergelegt.

Ebenwald. Ja, die jungen Leut! – Na, wie war's denn?

Hochroitzpointner. Riesig voll. Sehr animiert.

Ebenwald *(zu Hochroitzpointner)*. Wissen Sie, wo Sie heut nacht getanzt haben, Hochroitzpointner? Auf einem Vulkan.

Hochroitzpointner. Es war auch sehr heiß, Herr Professor.

Ebenwald *(lacht)*. Ha! Also Urlaub nehmen, Prüfungen machen und nicht mehr auf Vulkanen tanzen! Auch auf keinem ausgekühlten. Servus! *(Reicht ihm verabschiedend die Hand.)*

Schreimann *tut dasselbe.*

Hochroitzpointner *schlägt wieder die Hacken zusammen.*

Ebenwald. Wie ein Leutnant! –

Schreimann. Hab's ihm grad g'sagt.

Hochroitzpointner *ab.*

(Schreimann, Ebenwald.)

Ebenwald. Also, Seine Exzellenz der Unterrichtsminister ist auch dort gewesen?

Schreimann. Ja, und hat sogar mindestens eine halbe Stunde mit Bernhardi konversiert.

Ebenwald. Es ist doch sonderbar.

Schreimann. Ich bitte dich, auf einem Ball.

Ebenwald. Aber er muß doch wissen, daß das Kuratorium demissioniert hat.

Schreimann. Und wenn auch, war doch sogar ein Mitglied des Kuratoriums auf dem Ball.

Ebenwald. Wer?

Schreimann. Der Hofrat Winkler.

Ebenwald. Der ist immer so ein Frondeur.

Schreimann. Übrigens, offiziell ist ja die Sache noch nicht.

Ebenwald. So gut wie offiziell. Die Sitzung ist doch heute jedenfalls wegen der Demission anberaumt. Na – *(zögernd)* kann ich mich auf dich verlassen, Schreimann?

Schreimann *(leicht)*. Ich erlaube mir diese Frage etwas sonderbar zu finden.

Ebenwald. Na, hör auf, wir sind doch keine Studenten mehr.

Schreimann. Du kannst dich immer auf mich verlassen, wenn ich deiner Ansicht bin. Und da ja das glücklicherweise meistens der Fall ist –

Ebenwald. Es könnte aber vielleicht doch Fragen geben, in denen dir ein Zusammengehen mit mir gewisse Bedenken verursachen würde.

Schreimann. Ich habe dir schon einmal gesagt, lieber Ebenwald, diese ganze Affäre ist meiner Ansicht nach überhaupt nicht von irgendeinem religiösen oder konfessionellen Standpunkt, sondern vielmehr von dem des Taktes aus zu betrachten. Also, auch wenn ich Nationaljude wäre, ich würde in diesem Falle gegen Bernhardi Stellung nehmen. Aber abgesehen davon, erlaube ich mir, dich wieder einmal darauf aufmerksam zu machen, daß ich Deutscher bin, geradeso wie du. Und ich versichere dich, wenn sich einer von meiner Abstammung heutzutage als Deutscher und Christ bekennt, so gehört dazu ein größerer Mut, als wenn er das bleibt, als was er auf die Welt gekommen ist. Als Zionist hätt ich's leichter gehabt.

Ebenwald. Schon möglich. Eine Professur in Jerusalem wär dir sicher gewesen.

Schreimann. Öde G'spaß.

Ebenwald. Na, Schreimann, du weißt doch, wie ich zu dir stehe, aber du mußt doch andererseits begreifen, wir leben in einer so konfusen Zeit – und in einem so konfusen Land –

Schreimann. Du, komm mir nicht vielleicht wieder mit den anonymen Briefen.

Ebenwald. Ah, denkst du noch daran? Übrigens, die waren gar nicht anonym. Die waren mit vollem Namen unterschrieben, von guten alten Freunden aus der Studentenzeit. Natürlich haben die sich gewundert, daß ich mich für dich so engagiert hab. Du darfst ja nicht vergessen, lieber Schreimann, auf der Universität und noch später als alter Herr war ich ein Führer der Deutschnationalen strengster Observanz. Und du weißt, was das heißt: Wacht am Rhein – Bismarckeiche – Waidhofner Beschluß – Juden wird keine Satisfaktion gegeben, auch Judenstämmlingen –

Schreimann. Ist doch manchmal nicht anders gegangen trotz der strengsten Observanz. Den Schmiß da hab ich noch als Jud gekriegt.

Ebenwald. Na, leben wir nicht in einem konfusen Land? Auf deinen jüdischen Schmiß bist du heut noch stolzer als auf dein ganzes Deutschtum.

Professor Pflugfelder kommt. Schreimann, Ebenwald.

Pflugfelder *(65, Gelehrtenphysiognomie, Brille)*. Guten Abend, meine Herren. Wissen Sie schon? das Kuratorium hat demissioniert!

Ebenwald. Darum sind wir ja da, verehrter Herr Professor.

Pflugfelder. Also, was sagen Sie dazu?

Ebenwald. Sie scheinen erstaunt zu sein. Man war doch allgemein darauf gefaßt.

Pflugfelder. Erstaunt? Keine Idee. Oh, das Erstaunen, wissen Sie, das habe ich mir lange abgewöhnt. Aber, den Ekel leider nicht. Nein, der geht mir bis daher.

Schreimann. Ekel?

Pflugfelder. Sie werden mir doch zugeben, meine Herren, daß die Hetze, die jetzt gegen Bernhardi inszeniert wird, jeder inneren Berechtigung entbehrt.

Ebenwald. Mir ist von einer Hetze nichts bekannt.

Pflugfelder. Ah! – Ihnen ist nichts bekannt? So, so – Und daß Ihr Vetter, der Ottokar Ebenwald, der Hauptmacher ist, das wissen Sie auch nicht?

Ebenwald. Ich muß sehr bitten –

Pflugfelder. Aber ich will Sie selbstverständlich nicht mit Ihrem Herrn Vetter identifizieren. Sie werden mit Recht jede Gemeinsamkeit ablehnen. Denn es stellt sich ja jetzt heraus, gerade bei dieser Gelegenheit, daß Ihr Herr Vetter, der so herrlich als Deutschnationaler begonnen, sich einfach dazu hergibt, die Geschäfte der Klerikalen zu besorgen. Und Sie sind doch nicht klerikal, Ebenwald. Sie sind doch deutsch, ein alter deutscher Student. Und was sind denn die deutschen Tugenden, Ebenwald? Mut, Treue, Gesinnungsfestigkeit. Habe ich noch eine vergessen? Macht nichts. Wir kommen ja vorläufig mit denen aus.

Und daher hoffe ich, daß Sie mit mir einer Meinung sind: wir werden heute unserem Bernhardi eine solenne Genugtuung bereiten.

Ebenwald. Genugtuung? Wofür denn? Was ist ihm denn passiert? Bisher nichts anderes, als daß das Kuratorium demissioniert hat. Und wir können zusperren, weil wir nicht wissen, woher wir Geld kriegen sollen. Ob das gerade der richtige Anlaß ist, dem Herrn Direktor eine Ovation zu bringen, der uns durch sein nicht sehr taktvolles Benehmen in die Situation gebracht hat –

Pflugfelder. Ach so, – na ja. Sie sind halt, wie Sie sind, Ebenwald. Operieren ließ ich mich ja doch nur von Ihnen. Denn das können Sie, ja. Aber Sie, Schreimann? Sie schweigen? Auch gegen Bernhardi? Auch empört, daß er den Herrn Pfarrer gebeten hat, ein armes, krankes Menschenkind ungestört sterben zu lassen? – Begreiflich, begreiflich. So ganz frische religiöse Gefühle, die müssen besonders geschont werden.

Ebenwald *(ruhig)*. Laß dich nicht hetzen, Schreimann.

Schreimann *(ganz ruhig)*. Hab's grad früher zu Kollegen Ebenwald gesagt, Herr Professor, nicht in meinen religiösen Gefühlen, sondern in meinem guten Geschmack bin ich verletzt. Ich finde nämlich, ein Krankenzimmer ist nicht der richtige Ort, um Politik zu machen.

Pflugfelder. Politik! Bernhardi hat Politik gemacht! Sie werden mir doch nicht einreden, daß Sie das selber glauben. Das ist doch –

Filitz tritt ein. Schreimann, Ebenwald, Pflugfelder. Begrüßung.

Filitz. Guten Abend, meine Herren. Ich will Ihnen gleich sagen, was ich zu tun gedenke. Sie können ja das halten, wie Sie wollen. Ich für meinen Teil folge dem guten Beispiel des Kuratoriums und demissioniere.

Ebenwald. Wie?

Pflugfelder. He!

Filitz. Ich wüßte nicht, was man korrekterweise anderes tun kann, wenn man nicht direkt die Absicht hat, sich mit dem hier nicht näher zu bezeichnenden Benehmen unseres Herrn Direktors solidarisch zu erklären, und –

Ebenwald. Verzeihen Sie, Herr Professor, ich bin durchaus nicht Ihrer Ansicht. Es gibt sicher eine andere Art zu beweisen, daß wir keineswegs daran denken, uns mit dem Direktor solidarisch zu fühlen. Wir dürfen das Institut jetzt nicht im Stich lassen, gerade jetzt nicht. Wir müssen das Kuratorium vielmehr zu bewegen suchen, die Demission wieder zurückzuziehen.

Filitz. Das wird niemals geschehen, solange Bernhardi an der Spitze steht.

Schreimann. Sehr richtig, – solang er an der Spitze steht.

Filitz. Solang er –

Pflugfelder. Ah, sind Sie schon so weit, meine Herren! Das übertrifft ja –

Adler tritt ein. Pflugfelder, Ebenwald, Schreimann, Filitz.

Adler. Guten Abend, meine Herren, haben Sie schon gelesen?

Ebenwald. Was denn?

Adler. Die Interpellation.

Schreimann. In der Affäre Bernhardi?

Filitz. Ist schon erfolgt?

Adler. Steht ja im Abendblatt.

Ebenwald *(klingelt)*. Nichts haben wir gelesen. *(Zu Filitz.)* Ich hab geglaubt, erst morgen.

Schreimann. Wir Praktiker haben nämlich keine Zeit, uns nachmittag ins Kaffeehaus zu setzen.

Diener *tritt ein.*

Ebenwald. Sein S' so gut, gehn S' hinüber in die Trafik und kaufen S' ein Abendblatt.

Filitz. Bringen Sie drei.

Schreimann. Sechs!

Ebenwald *(zum Diener)*. Bringen S' gleich ein Dutzend. Aber g'schwind!

Diener *ab.*

Schreimann *(zu Adler)*. Ist sie sehr scharf, die Interpellation?

Pflugfelder. Sollte hier niemand sein, dem der Wortlaut schon bekannt ist?

Dr. Wenger tritt ein. Pflugfelder, Filitz, Adler, Schreimann, Ebenwald.

Wenger *(kleiner Mensch, gedrückt, unsicher und dabei manchmal überlaut, mit Brille)*. Guten Abend, meine Herren.

Schreimann. Geben S' her, Doktor Wenger. *(Zieht ihm aus der Brusttasche ein Abendblatt.)* Der hat ja eins.

Wenger. Aber, Herr Dozent!

Ebenwald. Das ist schön, daß Sie uns das gleich mitgebracht haben.

Wenger. Was hab ich mitgebracht? Ah so! Ist das der Usus, daß der Benjamin immer in die Sitzungen das Abendblatt mitbringt?

Ebenwald *(mit der Zeitung)*. Da steht's!

(Die andern, außer Adler und Wenger, versuchen mit Ebenwald in die Zeitung zu sehen.)

Adler *(zu Wenger)*. Was sagst du dazu?

Wenger. Ja, was soll ich sagen? Ich versteh nichts von Politik. Und ich war ja nicht dabei.

Schreimann *(zu Ebenwald)*. So sehn wir keiner was. Lies vor.

Ebenwald. Also, meine Herren, die Interpellation hat folgenden Wortlaut: „Die Unterfertigten halten es für ihre Pflicht –“

Pflugfelder. Es verschlagt Ihnen ja die Red! Professor Filitz soll lesen! Er ist sonor und rhetorisch und hat den Brustton der Überzeugung.

Ebenwald. Den hätt ich auch, aber Professor Filitz liest gewiß schöner. Also bitte.

Filitz *(liest)*. „Die Unterfertigten halten es für ihre Pflicht, der Regierung folgenden Vorfall zur Kenntnis zu bringen, der sich am 4. Februar im Elisabethinum“ – und so weiter, und so weiter. „Seine Hochwürden Franz Reder, Pfarrer an der Kirche zum Heiligen Florian, wurde von der weltlichen Schwester Ludmilla an das Sterbebett der schwer erkrankten ledigen Philomena Beier gerufen, um ihr das heilige Sakrament der letzten Ölung zu erteilen. Im Vorraum des Krankensaales fand Seine Hochwürden einige Ärzte versammelt, darunter Herrn Professor Bernhardi, Chef der betreffenden Abteilung, Direktor des Institutes, welch letzterer Seine Hochwürden in barscher Weise aufforderte, von seinem Vorhaben abzustehen, mit der Begründung, daß die Sterbende durch die Aufregung eventuell Schaden an ihrer Gesundheit erleiden könnte.“

Pflugfelder. Nein, nein!!

Die Andern. Ruhe!

Filitz *(liest weiter)*. „Herr Professor Bernhardi, als Bekenner der mosaischen Konfession, wurde von Seiner Hochwürden dahin belehrt, daß er in Erfüllung einer heiligen Pflicht erschienen sei, die in diesem Fall um so dringender geboten war, als die Kranke an den selbstverschuldeten Folgen eines verbrecherischen Eingriffes darniederlag, worauf Professor Bernhardi in höhnischer Weise seine Hausherrnrechte in den natürlich vom Gelde edler Spender erbauten und erhaltenen Räumen betonte. Als Seine Hochwürden nun, weitere Diskussionen ablehnend, sich in das Krankenzimmer begeben wollte, verstellte Herr Professor Bernhardi ihm die Türe, und in dem

Augenblick, da Seine Hochwürden die Klinke ergriff, um in Ausübung seiner heiligen Pflicht das Krankenzimmer zu betreten, versetzte ihm Herr Professor Bernhardi einen Stoß –"

Adler. Eine absolute Unwahrheit!

Pflugfelder. Infam!

Schreimann. Waren Sie denn dabei?

Filitz. Als wenn es auf den Stoß ankäme.

Ebenwalde. Es gibt ja Zeugen.

Pflugfelder. Ihre Zeugen kenn ich.

Adler. Ich war auch dabei.

Pflugfelder. Aber Sie hat man nicht vernommen.

Wenger. Vernommen?

Pflugfelder. In der gewissen Kommission. Sollte Ihnen auch von der Kommission nichts bekannt sein, Herr Professor Ebenwald?

Schreimann. Weiterlesen!

Filitz *(liest)*. „Während dieser Szene im Vorraum verschied die Kranke, ohne der Tröstungen der Religion, nach denen sie, wie die Schwester Ludmilla bezeugt hat, dringend verlangte, teilhaftig geworden zu sein. Indem wir diesen Vorfall der Regierung zur Kenntnis bringen, richten wir an die Regierung, insbesondere an Seine Exzellenz den Herrn Minister für Kultus und Unterricht, die Frage, was er vorzukehren gedenkt, um den durch diesen Vorfall aufs schwerste verletzten religiösen Gefühlen der christlichen Bevölkerung Wiens Genugtuung zu verschaffen, ferner welche Maßnahmen Seine Exzellenz zu ergreifen gedenkt, um der Wiederholung solch empörender Vorfälle vorzubeugen, und endlich, ob es Seiner Exzellenz mit Hinblick auf diesen Vorfall nicht angezeigt erscheint, künftighin bei Besetzung öffentlicher Stellen ein für allemal von Persönlichkeiten abzusehen, die durch Abstammung, Erziehung und Charaktereigenschaften nicht in der Lage sind, den religiösen Gefühlen der angestammten christlichen Bevölkerung das nötige Verständnis entgegenzubringen." Unterschrieben ... *(Bewegung.)*

Ebenwald. Na, jetzt stehen wir schön da.

Wenger. Wieso wir? Gegen das Institut ist doch kein Wort gesagt.

Schreimann. Sehr richtig!

Ebenwald. Bravo, Wenger!

Wenger *(ermutigt)*. Das Elisabethinum steht fleckenlos und rein da.

Pflugfelder. Und der Direktor?

Wenger. Natürlich auch, wenn es ihm gelingt, woran ich natürlich keinen Augenblick zweifle, die in der Interpellation enthaltenen Anwürfe zu entkräften.

Pflugfelder. Anwürfe? – Das nennen Sie Anwürfe? – Aber, lieber Herr Kollega, diese Interpellation, – muß man Ihnen das wirklich erst sagen –, daß diese Interpellation nichts anderes bedeutet als ein politisches Manöver der vereinigten klerikalen und antisemitischen Parteien.

Filitz. Unsinn!

Ebenwald. Der alte Achtundvierziger!

Wenger. Pardon, für mich gibt es überhaupt keine religiösen und keine nationalen Unterschiede. Ich bin ein Mann der Wissenschaft. Ich perhorresziere –

Schreimann. Wir alle perhorreszieren!

Bernhardi und Cyprian treten ein. Adler, Schreimann, Ebenwald, Filitz, Pflugfelder, Wenger.

Bernhardi. *(sehr aufgeräumt, seine Art zu reden noch etwas humoristischer, ironischer gefärbt als sonst, aber nicht ganz unbefangen. Er nimmt dem Diener, der ihm die Türe öffnet, die Abendblätter aus der Hand)*. Guten Abend, meine Herren. Hier, bitte, sich zu bedienen. Ich bitte um Entschuldigung, daß ich mich ein wenig verspätet habe, die Herren haben sich ja hoffentlich indes gut unterhalten.

(Allgemeine Begrüßung. Bernhardi nimmt sofort seinen Platz ein am oberen Tischende, die andern nehmen allmählich Platz, einige rauchen.)

Bernhardi. Ich erkläre die Sitzung für eröffnet. Bevor ich zur Tagesordnung schreite, erlaube ich mir im Namen des Elisabethinums unser neues Mitglied, das heute zum erstenmal einer Sitzung unseres Kollegiums beiwohnt, und gleich einer außerordentlichen, aufs herzlichste zu begrüßen. Lassen Sie mich zugleich die Hoffnung aussprechen, daß Herr Dozent Doktor Wenger sich in unserer Mitte wohlfühlen, in seiner neuen verantwortlicheren Stellung weiterhin Gelegenheit finden möge, seine bewährte Pflichttreue zu beweisen, sein Talent auszubilden und sich zu dem zu entwickeln, was jeder einzelne von uns ist, eine Zierde unseres Institutes. *(Der Scherz findet keinen Widerhall.)* Herr Doktor Wenger, ich heiße Sie in unser aller Namen nochmals herzlich willkommen.

Wenger. Hochverehrter Herr Direktor, meine hochverehrten Herren Kollegen! Es wäre unbescheiden, Ihre kostbare Zeit durch eine längere Rede in Anspruch zu nehmen –

Ebenwald und **Schreimann**. Sehr richtig!

Wenger. So will ich mich denn begnügen, meinen innigsten Dank für die hohe Ehre – *(Unruhe.)*

Schreimann *(erhebt sich)*. In Anbetracht der vorgerückten Stunde beantrage ich, daß unser verehrter Herr Kollege Doktor Wenger seine zweifellos sehr gehaltvolle Dankrede auf die nächste Sitzung verschieben möge, damit wir sofort zur Tagesordnung schreiten können.

Die Andern. Einverstanden! Richtig!

Schreimann drückt Wenger die Hand, einige folgen seinem Beispiel.

Bernhardi. Meine Herren, ich habe mir erlaubt, Sie zu einer außerordentlichen Sitzung einzuberufen, ich muß vor allem um

Entschuldigung bitten, daß es in so später Stunde geschah, um so mehr darf ich meiner Befriedigung Ausdruck geben, daß die Herren vollzählig erschienen sind.

Adler. Löwenstein fehlt.

Bernhardi. Wird hoffentlich noch kommen. – Ich sehe darin einen neuen Beweis für das große, ich möchte sagen patriotische Interesse, das Sie alle unserm Institute entgegenbringen, einen Beweis für unser aller kollegiales Zusammenhalten, das nun einmal besteht, unbeschadet gelegentlicher Differenzen in Einzelheiten, wie sie schließlich in keiner größeren Körperschaft ganz zu vermeiden sind, um so weniger, aus je prominenteren Persönlichkeiten diese Körperschaft sich zusammensetzt. *(Unruhe.)* Aber daß wir in allen wesentlichen Fragen eines Sinnes sind, das hat sich schon mehr als einmal gezeigt und wird sich hoffentlich auch in Zukunft erweisen zur Freude unserer wahren Gönner und zum Ärger unserer Feinde! Wir haben nämlich auch solche. Meine Herren, ich glaube den Vorwurf nicht fürchten zu müssen, daß ich Ihre Neugier auf die Folter spanne. Denn Sie wissen ja alle, warum ich mir erlaubt habe, Sie einzuberufen. Immerhin ist es meine Pflicht, den Brief zur Verlesung zu bringen, der mir heute morgen rekommandiert mit Retourrezepisse zugestellt wurde.

Filitz. Hört!

Bernhardi. *(liest)*. „Hochverehrter –“ usw. usw. „Ich beehre mich Ihnen mitzuteilen, daß die Mitglieder des Kuratoriums –“ usw. usw. – „den einstimmigen Beschluß gefaßt haben, ihre Ehrenstellen zurückzulegen. Indem ich Ihnen, hochverehrter Herr Direktor, diesen Beschluß zur Kenntnis bringe, richte ich das Ersuchen an Sie, die verehrten Mitglieder des Direktoriums und des Lehrkörpers davon in Kenntnis zu setzen. Genehmigen Sie –“ usw. usw. – „Hofrat Winkler als Schriftführer.“

Ebenwald *beugt sich über den Brief.*

Bernhardi. Bitte. *(Der Brief zirkuliert, Bernhardi lächelt.)* Meine Herren, Sie werden sich hoffentlich überzeugen, daß ich Ihnen keine Silbe dieses interessanten Schreibens unterschlagen habe. Das Kuratorium hat demissioniert, und die Tagesordnung unserer heutigen Sitzung lautet logischerweise: Stellungnahme des Direktoriums und des Plenums zu dieser Tatsache. Herr Professor Ebenwald wünscht das Wort.

Ebenwald. Ich stelle die Anfrage an den Herrn Direktor, ob ihm die Ursache bekannt ist, die das Kuratorium zur Demission veranlaßt hat, eine Anfrage, die umso berechtigter ist, als das Kuratorium sich in seinem Schreiben so gründlich darüber ausschweigt.

Pflugfelder *(angewidert)*. Eh!

Bernhardi. Ich könnte hierauf mit der Frage erwidern, ob diese Ursache Herrn Professor Ebenwald oder einem der anderen Herren nicht bekannt ist. Aber da wir ja alle auch außerhalb dieses Saales noch mancherlei zu tun haben –

Cyprian. Sehr richtig!

Bernhardi. – und die Verhandlung nicht überflüssig in die Länge gezogen werden soll, so erwidere ich die Anfrage des Herrn Vizedirektors Professor Ebenwald mit gebotener Kürze: Ja, die Ursache ist mir bekannt. Die Ursache liegt in demselben Vorfall, von dem Sie eine Schilderung soeben in den Abendblättern, mit größerem oder geringerem Vergnügen, unter der Form einer sogenannten Interpellation gelesen haben.

Schreimann. Die Interpellation gehört nicht her.

Bernhardi. Sehr richtig. Sie gehört meiner Ansicht nach nicht einmal ins Parlament –

Pflugfelder. Sehr gut.

Bernhardi. Da diese Interpellation einen Vorfall, meine Herren, von dem Zeugen auch hier anwesend sind, und für den ich die volle Verantwortung trage, in einer faktiösen, den Zwecken einer gewissen Partei –

Filitz. Welcher Partei?

Pflugfelder. Der antisemitisch-klerikalen Partei –

Filitz. Unsinn!

Bernhardi. Einer gewissen Partei, über deren Wesen wir alle hier nicht im Zweifel sind, mit so verschiedenen Gefühlen wir ihr auch gegenüberstehen –

Pflugfelder. Sehr gut!

Bernhardi. – in einer faktiösen Weise entstellt. Übrigens bin ich nicht hier, um mich zu rechtfertigen, vor wem es auch sei, sondern ich stehe vor Ihnen als Direktor dieser Anstalt, um Sie zu fragen, wie wir uns der Tatsache der Kuratoriumsdemission gegenüber zu verhalten haben. Herr Professor Cyprian hat das Wort.

Cyprian *(in seiner eintönigen Weise beginnend)*. Vor wenigen Jahren, ich befand mich gerade auf einer Erholungsreise in Holland, da stand ich in der Gemäldegalerie – *(Unruhe.)* Was gibt's, meine Herren?

Schreimann. In Anbetracht der vorgerückten Stunde möchte ich Herrn Professor Cyprian dringendst ersuchen, heute keine Anekdoten zu erzählen, sondern möglichst sofort zur Sache zu kommen.

Cyprian. Es wäre keine Anekdote gewesen, es hätte im tiefsten Sinne – Aber wie Sie wollen, meine Herren. Also, das Kuratorium hat demissioniert. Den Grund, oder vielmehr den Vorwand, kennen wir alle. Denn wir wissen alle, daß Bernhardi, als er dem Priester den Eintritt in das Krankenzimmer verweigerte, ausschließlich in Ausübung seiner ärztlichen Pflicht gehandelt hat. Wir alle hätten uns im gleichen Falle genau so benommen wie er.

Filitz. Oho!

Ebenwald. Sie haben's ja doch noch nie getan.

Schreimann. Auch bei Herrn Direktor Bernhardi war es unseres Wissens das erstemal.

Filitz. Sehr wahr.

Cyprian. Wenn wir es noch nie getan haben, meine Herren, so lag es einfach daran, daß die Situation, in welcher sich Herr Professor Bernhardi neulich befand, in ihrer Schärfe sich selten darbieten mag. Niemandem fällt es ein, in Abrede zu stellen, daß schon zahllose gläubige Gemüter, die dem Tod entgegensahen, im Sakrament der letzten Ölung – und daß selbst Zweifler in den Trostesworten gütiger Priester Beruhigung und Stärkung gefunden haben; und in allen Fällen, wo ein Priester von dem Sterbenden oder dessen Verwandten gewünscht wird, hat auch nie ein Arzt ihm den Eintritt verweigert.

Filitz. Das war nicht übel!

Cyprian. Aber das Erscheinen des Priesters am Krankenbett gegen den Willen des Sterbenden oder gegen die wohlbegründeten Bedenken desjenigen, der in der letzten Stunde für ihn verantwortlich ist, muß als ein zum mindesten unstatthafter Übergriff kirchlicher – Fürsorge bezeichnet werden, den abzuwehren in bestimmten Fällen nicht nur erlaubt ist, sondern zur Pflicht werden kann. Und solch ein Fall, meine Herren, ist es, dem wir hier gegenüberstehen. Und darum wiederhole ich aus voller Überzeugung: Wir hätten alle getan wie Bernhardi, – auch Sie, Professor Ebenwald – auch Sie, Professor Filitz. –

Filitz. Nein!

Cyprian. Oder richtiger gefaßt: wir hätten so tun müssen, mindestens, wenn wir einem ursprünglichen Gefühl nachgegeben hätten. Erst die sekundäre Rücksicht auf die eventuell möglichen Folgen hätte uns dazu veranlaßt, dem Priester den Eintritt zu gestatten. Bernhardis Fehler, wenn wir ihn überhaupt so nennen wollen, bestand also nur darin, daß er die Folgen nicht bedachte, daß er seiner ärztlich-menschlichen Eingebung gefolgt ist, die wir alle als Arzte und Menschen gutheißen müssen; somit gibt es eine einzige Antwort, die dem Briefe des Kuratoriums gegenüber geboten erscheint, nämlich unserem Direktor, Herrn Professor Bernhardi, unser vollstes Vertrauen einmütig auszusprechen.

Pflugfelder. Bravo!

Adler *nickt, aber etwas unentschlossen.*

Wenger *blickt zu Adler, dann zu den andern.*

Bernhardi. Herr Vizedirektor Ebenwald hat das Wort.

Ebenwald. Meine Herren, täuschen wir uns nicht, die Demission des Kuratoriums ist unter den heutigen Umständen so ziemlich das Schlimmste, was unserem Institute passieren konnte. Ich stehe nicht an, sie als eine Katastrophe zu bezeichnen. Jawohl, meine Herren, als Katastrophe. Ob das Kuratorium im ethischen Sinne berechtigt war, zu demissionieren, möchte ich ununtersucht lassen. Wir sind nicht hier versammelt, um religiöse Fragen zu behandeln, wie Professor Cyprian es notwendig fand, – um Kritik zu üben am Prinzen Konstantin oder an Seiner Eminenz oder am Bankdirektor Veith und so weiter, wir stehen einfach vor der Tatsache, daß die Förderer unseres Institutes, denen wir materiell und ideell so viel verdanken, und auf deren materielle und ideelle Weiterunterstützung wir angewiesen sind, *(Einwürfe)* – wir sind es, meine Herren –, daß diese Förderer sich von uns abgewendet haben; – und stehen vor der weiteren unbezweifelbaren Tatsache, daß für dieses Mißgeschick unser verehrter Direktor, Herr Professor Bernhardi, die alleinige Verantwortung trägt.

Bernhardi. Ich trage sie.

Ebenwald. Und ich finde, es wäre nicht nur im höchsten Grade undankbar gegen das Kuratorium, sondern geradezu schnöde gegen unser Institut gehandelt, wenn wir uns in einem Augenblick, wo der Herr Direktor, gewiß ohne böse Absicht, aber doch höchst unbedachterweise, das Elisabethinum an den Rand des Abgrundes gebracht hat, mit seinem Vorgehen solidarisch erklärten. *(Entsprechende Unruhe.)* Ich wiederhole, an den Rand des Abgrundes. Daher bin ich, im Gegensatz zu Herrn Professor Cyprian, nicht nur gegen das von ihm vorgeschlagene Vertrauensvotum für Herrn Professor Bernhardi, sondern stelle vielmehr den Antrag, unserm Bedauern über den bekannten Vorfall geziemenden Ausdruck zu verleihen und zu betonen, daß wir das Vorgehen des Herrn Direktors Seiner Hochwürden gegenüber aufs schärfste mißbilligen. *(Er überschreit die wachsende Unruhe.)* Ich stelle den weiteren Antrag, daß diese Resolution dem Kuratorium in angemessener Weise zur Kenntnis gebracht und diesem auf Grund dessen die Bitte unterbreitet wird, die Demission zurückzuziehen. *(Große Unruhe.)*

Bernhardi. Meine Herren! *(Unruhe. Er beginnt aufs neue.)* Meine Herren! – Um jedem Mißverständnis vorzubeugen, will ich gleich bemerken, daß mich Mißtrauenskundgebungen um so weniger berühren, je leichter sie vorauszusehen waren, daß ich aber auch in der angenehmen Lage bin, auf offizielle Vertrauenskundgebungen zu verzichten. Immerhin, um Sie vor Schritten zu bewahren, die Sie nachher doch bereuen könnten, möchte ich Ihnen verraten, daß wir in absehbarer Zeit ein Kuratorium wahrscheinlich nicht mehr nötig haben werden. Schon für die nächste Zeit ist uns eine staatliche Subvention von beträchtlicher Höhe ziemlich sicher, und, was wohl noch von weitertragender Bedeutung ist, die Verstaatlichung unseres Institutes wird von den maßgebenden Faktoren, wie Seine Exzellenz mir erst gestern wieder angedeutet hat, in allerernsteste Erwägung gezogen.

Ebenwald. Ballgespräche.

Cyprian *(steht auf)*. Ich muß bemerken, daß Seine Exzellenz vor wenigen Tagen auch mir gegenüber –

Filitz. Das gehört ja alles nicht hierher.

Schreimann. Zukunftsmusik!

Ebenwald. Eine Subvention jetzt nach der Geschichte!

Filitz. Nach dieser Interpellation! *(Große Unruhe.)*

Bernhardi. *(stark)*. Sie vergessen, meine Herren, daß diese Interpellation auch ihre Antwort finden wird. Und wie diese Antwort ausfallen wird, daran ist ein Zweifel wohl unzulässig, oder würde vielmehr eine Verdächtigung des Unterrichtsministers bedeuten, der über die Vorgänge, die dieser Interpellation vorhergegangen sind, informiert sein dürfte.

Filitz. Hoffentlich nicht einseitig.

Schreimann. Die Interpellation steht nicht zur Debatte.

Filitz. Ganz richtig. Es liegt ein Antrag vor.

Schreimann. Abstimmen lassen!

Cyprian *(zu Bernhardi, leise)*. Ja, laß zuerst einmal abstimmen.

Bernhardi. Meine Herren! Es liegen zwei Anträge vor. Der eine von Professor Ebenwald dahin gehend –

Löwenstein, die Vorigen.

Löwenstein. Meine Herren, ich komme aus dem Parlament. *(Bewegung.)* Die Interpellation ist beantwortet worden.

Ebenwald. Ich bitte abstimmen zu lassen, Herr Direktor.

Cyprian. Wir haben doch die Parlamentsspielerei verschworen, meine Herren. Wir wünschen doch alle zu wissen –

Schreimann *(der Löwensteins verstörtes Gesicht wohl bemerkt hat)*. Ich glaube im Sinne aller Anwesenden zu sprechen, wenn ich an den Herrn Direktor das Ersuchen stelle, die offizielle Sitzung auf ein paar Minuten zu unterbrechen, damit Herr Kollega Löwenstein Gelegenheit erhält, uns nähere Mitteilungen über die Beantwortung der Interpellation zu machen.

Bernhardi. Die Herren sind alle einverstanden? So unterbreche ich die Sitzung auf einige Zeit. *(Humoristisch.)* Löwenstein, du hast das Wort.

Löwenstein. Es ist – es wird eine Untersuchung wegen Religionsstörung gegen dich eingeleitet. *(Entsprechende Bewegung.)*

Pflugfelder. Das ist doch nicht möglich!

Cyprian. Löwenstein!

Schreimann. Oh!

Adler. Religionsstörung?

Cyprian. Erzähl uns doch.

Ebenwald. Herr Kollega Löwenstein wird vielleicht die Liebenswürdigkeit haben, uns etwas genauer zu informieren.

Bernhardi *steht regungslos*.

Löwenstein. Was ist da viel zu informieren? Die Untersuchung wird eingeleitet! Eine Schmach! Ihr habt es erreicht.

Filitz. Keine Invektiven, lieber Löwenstein.

Cyprian. So sprich doch endlich!

Löwenstein. Was kann die Herren daran noch weiter interessieren? Sie werden ja das Genauere morgen früh in der Zeitung lesen. Das Wesentliche der ganzen Rede war der Schluß, und den kennen Sie jetzt. Daß Seine Exzellenz im Anfang offenbar auf etwas ganz anderes hinauswollte, das ist ja nebensächlich.

Cyprian. Wo anders hinaus?

Schreimann. Lieber Kollega Löwenstein, versuchen Sie doch möglichst im Zusammenhang –

Löwenstein. Also, ich versichere Sie, meine Herren, im Anfang mußte man absolut den Eindruck haben, daß die Herren Interpellanten eine schmähliche Niederlage erleben werden. Der Minister sprach von den großen Verdiensten unseres Direktors und betonte ausdrücklich, daß von irgendeiner Absicht seinerseits absolut nicht die Rede gewesen sein konnte, daß Professor Bernhardi dem politischen Getriebe vollständig fernstünde, daß kein Anlaß vorliege, öffentliche Stellen anders zu besetzen als nach Würdigkeit und Verdienst. Und bei dieser Gelegenheit gab es schon Zwischenrufe: „Ja, wenn es so wäre!" und „Verjudung der Universität!" und dergleichen. Da kam dann der Minister irgendwie von seinem Thema ab, wurde, wie es scheint, ärgerlich und verwirrt. Dann kam er irgendwie auf die Notwendigkeit der religiösen Erziehung, auf eine Verbindung von christlicher Weltanschauung und Fortschritt der Wissenschaft, und er endete plötzlich, – ich bin überzeugt, zu seiner eigenen Überraschung –, wie ich schon erzählt habe, mit der Mitteilung, daß er sich mit seinem Herrn Kollegen von der Justiz ins Einvernehmen setzen werde, *(höhnend)* ob dieser sich nicht veranlaßt sehe, die Vorerhebungen gegen Herrn Professor Bernhardi wegen Vergehens der Religionsstörung einzuleiten, um auf diese Weise – so ungefähr sagte er – eine Klarstellung des von den Herren Interpellanten gerügten Einzelfalles in einer vollkommen einwandfreien, allen Parteien des Hauses und die Bevölkerung in gleichem Maße befriedigenden Weise durchzuführen.

Pflugfelder. Pfui Teufel!

Filitz. Oho!

Cyprian. Und wie benahm sich denn das Haus?

Löwenstein. Ziemlich viel Beifall, kein Widerspruch, soviel ich gehört habe, – Redner wurde beglückwünscht.

Adler. Es ist unmöglich, daß Sie sich verhört haben, Löwenstein?

Löwenstein. Bitte, Sie brauchen mir ja nicht zu glauben.

Cyprian. Es geht uns ja auch im Grunde nichts an.

Filitz. Na!

Ebenwald. Ich denke, man könnte die Sitzung wieder aufnehmen.

Bernhardi. *(gefaßt)*. Ich glaube im Sinne aller Anwesenden zu sprechen, wenn ich Herrn Doktor Löwenstein für seinen freundlichen Bericht unseren Dank ausspreche, bitte die Herren, sich zu beruhigen, und nehme die für kurze Zeit unterbrochen gewesene Sitzung wieder auf. Meine Herren, wie Sie früher richtig bemerkt haben, die Interpellation steht nicht zur Debatte, ihre Beantwortung ebensowenig; es liegen zwei Anträge vor.

Ebenwald. Ich ziehe meinen Antrag zurück. *(Bewegung. Adler flüstert Löwenstein Erklärungen zu.)*

Ebenwald. Respektive, ich lasse ihn aufgehen in einem andern Antrag, der mir im Hinblick auf die durch die Antwort des Ministers geschaffene Sachlage im Interesse unseres Institutes geboten erscheint.

Cyprian. Die Antwort des Ministers gehört nicht hierher.

Pflugfelder. Gar nichts geht uns diese Antwort an.

Ebenwald. Also, ich beantrage: Suspendierung unseres verehrten Herrn Direktors von der Leitung des Elisabethinums bis zum Abschluß der gegen ihn eingeleiteten strafrechtlichen Untersuchung. *(Große Unruhe.)*

Pflugfelder. Schämen Sie sich, Ebenwald!

Cyprian. Sie wissen ja noch nicht einmal, ob die Anklage erhoben wird.

Löwenstein. Unerhört!

Cyprian. Wenn Sie Ihren ersten Antrag zurückziehen, so bleibt doch der meine aufrecht, daß wir nämlich Herrn Direktor Bernhardi unseres Vertrauens –

Pflugfelder *(unterbricht)*. Was geht uns die Interpellation und ihre Beantwortung überhaupt an? Es ist eine externe Angelegenheit.

Ebenwald *(brüllend)*. Bedenken Sie doch, daß wir in Gefahr stehen, uns vor der ganzen Welt lächerlich zu machen, wenn wir hier weiterberaten und beschließen – im Angesichte der Möglichkeit, daß alle unsere Beschlüsse von einer höheren Instanz bei nächster Gelegenheit annulliert werden.

Cyprian. Entschuldigen Sie, Ebenwald, das ist ein Unsinn.

Adler. Wer hat denn das Recht, unsere Beschlüsse zu annullieren?

Löwenstein. Professor Bernhardi ist und bleibt Direktor des Elisabethinums. Kein Mensch kann ihn absetzen.

Filitz. Für mich ist er es schon heute nicht mehr!

Cyprian *(zu Bernhardi)*. Laß über meinen Antrag abstimmen. *(Bewegung.)*

Bernhardi. Ich werde der Ordnung gemäß – *(Unruhe.)*

Adler *(sehr erregt)*. Meine Herren, gestatten Sie mir nur ein paar Worte. Wenn die vom Minister für Kultus und Unterricht in Aussicht gestellte Untersuchung zu einer Verhandlung führen sollte, wird unter anderm auf meine Aussage nicht verzichtet werden können, da ich bei jenem Vorfall anwesend war. Und nicht nur ich, sondern alle hier Anwesenden wissen, daß der in Rede stehende Vorfall von den Herren Interpellanten in einer der Wahrheit nicht Völlig entsprechenden Weise geschildert worden ist. Aber gerade weil ich von der Unschuld des Professors Bernhardi in tiefster Seele überzeugt bin, ja sie bezeugen kann –

Bernhardi. Ich danke.

Adler. – gerade darum begrüße ich es – und wir alle ohne Unterschied der Parteirichtung müssen es begrüßen –

Schreimann. Es gibt keine Parteirichtung!

Adler. – daß jene Angelegenheit vor der gesamten Öffentlichkeit durch eine ordnungsgemäße Untersuchung klargestellt werde. Es soll auch nicht der Eindruck erweckt werden, als wenn wir hier durch eine vorzeitige Parteinahme vor Abschluß der gerichtlichen Untersuchung der endgültigen Entscheidung, die ja für Herrn Professor Bernhardi nicht anders als günstig ausfallen kann, vorgreifen würden. Wenn ich also dem Antrage des Herrn Vizedirektors, Professor Ebenwald, auf Suspendierung des Herrn Direktors zustimme – *(Bewegung.)*

Filitz. Bravo!

Adler. – so bitte ich Sie alle, und vor allem den verehrten Herrn Professor Bernhardi, darin einen Beweis meines Vertrauens für ihn – und die Überzeugung zu erblicken, daß Herr Professor Bernhardi aus der gegen ihn eingeleiteten Untersuchung rein hervorgehen wird.

Cyprian. Aber, Doktor Adler, damit geben Sie ja die Berechtigung zu, daß eine solche Untersuchung überhaupt eingeleitet wird.

Filitz. Wer gibt das nicht zu?

Löwenstein. Auf eine solche Denunziation hin –

Filitz. Das wird sich ja herausstellen.

Pflugfelder. Liebedienerei des Ministers! Er kriecht vor den Klerikalen!

Löwenstein. Es ist ja nicht das erstemal!

Cyprian *(zu Bernhardi)*. Laß über meinen Antrag abstimmen!

Bernhardi. Meine Herren! *(Unruhe.)*

Schreimann. Ist denn das überhaupt noch eine Sitzung! Kaffeehaus ohne Billard!

Filitz. Der Antrag des Professors Ebenwald ist der weitergehende, über ihn muß zuerst abgestimmt werden.

Bernhardi. Meine Herren! Ich habe eine Anfrage an den Herrn Vizedirektor Professor Ebenwald zu richten.

Schreimann. Was heißt denn das?

Filitz. Das ist nach der Geschäftsordnung nicht zulässig.

Pflugfelder. Kindische Parlamentsspielerei!

Bernhardi. Es wird Sache des Herrn Professor Ebenwald sein, meine Frage zu beantworten oder nicht.

Ebenwald. Bitte.

Bernhardi. Ich frage Sie, Herr Professor Ebenwald, ob Ihnen bekannt ist, daß ich die Interpellation, deren Beantwortung durch den Minister Sie zu dem Antrag auf meine Suspendierung veranlaßt, ob Ihnen bekannt ist, daß ich diese Interpellation hätte verhindern können?

Löwenstein. Hört!

Schreimann. Nicht antworten!

Bernhardi. Wenn Sie ein Mann sind, Herr Professor Ebenwald, so werden Sie antworten. *(Bewegung.)*

Ebenwald. Meine Herren, die Frage des Herrn Professors Bernhardi kommt mir nicht überraschend. Ich habe sie eigentlich schon im Laufe dieser ganzen sonderbaren Sitzung erwartet. Aber man wird es mir nicht übelnehmen, wenn ich bei dem eigentümlichen Ton, den der Herr Direktor mir gegenüber anzuschlagen beliebt, verzichte, ihm direkt zu antworten, sondern Ihnen allen darüber Aufschluß gebe, was es mit dieser etwas insinuösen Anfrage des Herrn Direktors für eine Bewandtnis hat. *(Unruhe, Spannung.)* Also, meine Herren, bald nach jenem Vorfall, der unser Institut in eine so unangenehme Situation gebracht hat, habe ich mir erlaubt, bei dem Herrn Direktor vorzusprechen, um ihm die Befürchtung auszudrücken, daß das Parlament vielleicht Gelegenheit nehmen dürfte, sich in einer für die Interessen unseres Institutes sehr unvorteilhaften Weise mit diesem Vorfall zu beschäftigen. Sie wissen, unser Institut hat immer Feinde gehabt und es hat heute noch mehr, als manche von Ihnen ahnen. Denn es gibt ja noch immer einige unter Ihnen, meine Herren, die mit Zeit- und Volksströmungen nicht zu rechnen wissen, und bei öffentlichen Anstalten muß man damit rechnen, ob man diese Strömungen von einem philosophischen Standpunkt aus für berechtigt hält oder nicht. Es gibt halt viele Leute, die es nicht richtig finden, daß in einem Institut, wo ein Prinz Kurator ist und ein Bischof, und wo statistisch fünfundachtzig Perzent der Patienten Katholiken sind, die behandelnden Ärzte zur überwiegenden Anzahl einer anderen Konfession zugehören. Das macht nun einmal böses Blut in gewissen Kreisen.

Löwenstein. Aber das Geld, das wir kriegen, stammt zu achtzig Perzent auch von der andern Konfession.

Ebenwald. Das ist Nebensache, die Patienten sind die Hauptsache. – Also, da hat sich's neulich darum gehandelt, wie Sie wissen, wer die

Abteilung vom Herrn Professor Tugendvetter kriegen soll. Der Professor Hell aus Graz oder der Dozent Wenger. Ich darf wohl davon sprechen, trotz der Anwesenheit unseres verehrten Kollegen, der es ja selber weiß. Der Hell ist ein tüchtiger Praktiker vor allem, unser Kollega Wenger hat hauptsächlich auf theoretischem Gebiete gearbeitet, so viel Praxis wie der Hell hat er natürlich noch nicht haben können; wird auch schon kommen. Also, jetzt stellen Sie sich vor, meine Herren, es kommt ein guter Freund zu einem –

Pflugfelder. Oder ein Vetter –

Ebenwald. – kann auch ein Vetter sein – und sagt einem: Du, das wird auffallen, daß ihr ins Elisabethinum schon wieder einen Juden wählt, besonders jetzt nach dem peinlichen Vorfall, von dem schon ganz Wien spricht. Und es könnte euch passieren, daß das Parlament über euch herfallt. Ja, meine Herren, finden Sie es gar so tadelnswert, wenn man da zum Direktor geht, wie ich's getan habe, und ihm sagt, nehmen wir doch lieber den Hell, der ja schließlich auch kein Hund ist, um eventuellen Unannehmlichkeiten zu entgehen?

Wenger. Sehr richtig! *(Heiterkeit.)*

Ebenwald. Na, Sie hören! Vielleicht hätt ich lieber zum Doktor Wenger gehen sollen und ihn ersuchen, daß er seine Kandidatur zurückzieht. Aber ich liebe keine Winkelzüge. Und so bin ich geraden Wegs zum Herrn Direktor gegangen. Also, darauf bezieht sich die Anfrage des Herrn Professors Bernhardi an mich, die mich wahrscheinlich in Grund und Boden hätte bohren sollen. Und es stimmt, daß uns die Interpellation vielleicht erspart geblieben wäre, wenn der Hell heute dasäße statt dem Wenger. Also, ich will nicht sagen, es war zu schön gewesen, aber, es hat nicht sollen sein. Und jetzt sitzen wir in der Tinten. Dixi.

Pflugfelder. Bravo, Bernhardi!

Bernhardi. Meine Herren, Professor Ebenwald hat meine Frage nach berühmten Mustern mehr populär als sachlich beantwortet. Aber jeder von Ihnen wird wissen, wie er über die Angelegenheit zu denken hat. Mich zu verteidigen, daß ich auf den mir vorgeschlagenen Handel nicht eingegangen bin –

Schreimann. Oho!

Bernhardi. Ich gestatte mir, das einen Handel zu nennen, zumindest mit demselben Recht, mit dem man mein Vorgehen gegenüber Seiner Hochwürden eine Religionsstörung nennt.

Pflugfelder. Sehr gut.

Bernhardi. Aber wie immer, ich muß mich schuldig bekennen, – schuldig, daß ich als Direktor des Instituts nicht das Möglichste getan habe, eine Interpellation zu verhindern, die geeignet scheint, das Ansehen unseres Institutes bei allen Heuchlern und Dummköpfen herabzusetzen. Und um selbst die richtigen Konsequenzen zu ziehen, sowie um weiteren Aufschub zu verhindern, lege ich hiermit die Leitung des Institutes nieder!

(Große Bewegung.)

Cyprian. Was fällt dir denn ein!

Löwenstein. Das darfst du nicht!

Pflugfelder. Es muß abgestimmt werden.

Bernhardi. Wozu? Für die Suspendierung sind Professor Ebenwald, Professor Filitz, die Dozenten Schreimann und Adler –

Löwenstein. Das sind erst vier.

Bernhardi. Und Herrn Doktor Wenger möchte ich einen seelischen Konflikt ersparen. Er würde vielleicht aus Dankbarkeit für mich stimmen, weil ich neulich für ihn entschieden habe, und einem solchen Motiv will ich nicht am Ende die noch dazu nicht ganz zweifellose Ehre zu verdanken haben, fernerhin Ihr Direktor zu sein.

Schreimann. Oho!

Filitz. Das geht zu weit!

Cyprian. Aber was tust du denn?

Pflugfelder. Das ist Ihre Schuld, Adler.

Löwenstein. Es muß abgestimmt werden.

Pflugfelder. Es wäre Fahnenflucht!

Bernhardi. Flucht?

Cyprian. Du müßtest die Abstimmung abwarten.

Löwenstein. Abstimmen!

Bernhardi. Nein, ich lasse nicht abstimmen, ich unterwerfe mich keinem Urteil.

Filitz. Besonders, da es schon gesprochen ist.

Schreimann. Hat Herr Professor Bernhardi die Direktion niedergelegt oder nicht?

Bernhardi. Ja.

Schreimann. Somit hat Herr Professor Ebenwald statutengemäß als Vizedirektor die Leitung des Institutes und vor allem auch die Leitung dieser Sitzung zu übernehmen.

Löwenstein. Unerhört!

Filitz. Selbstverständlich.

Pflugfelder. Muß man sich das gefallen lassen?

Cyprian. Bernhardi! Bernhardi!

Ebenwald. Da Herr Professor Bernhardi zu unserm Bedauern die Direktorstelle niedergelegt hat, übernehme ich nach § 7 unserer Statuten die Leitung des Elisabethinums und zugleich den Vorsitz dieser noch im Gang befindlichen Sitzung. Ich bitte Sie, meine Herren, um das gleiche Vertrauen, das Sie dem scheidenden Direktor in so reichem

Maße entgegengebracht haben, hoffe mich desselben würdig zu erweisen und erteile Herrn Professor Filitz das Wort.

Löwenstein. Infam!

Pflugfelder. Sie sind nicht Direktor, Herr Professor Ebenwald, noch nicht! *(Unruhe.)*

Filitz. Wir stehen nun vor der Frage, wer die Leitung von Professor Bernhardis Abteilung zu übernehmen hat.

Cyprian. Ja, was fällt Ihnen denn ein?

Bernhardi. Meine Herren, ich bin wohl nicht mehr Direktor, aber ich bin Mitglied des Institutes, so gut wie Sie alle, und Leiter der Abteilung.

Adler. Das ist ja selbstverständlich.

Wenger. Gewiß.

Cyprian. Darüber kann es überhaupt keine Diskussion geben.

Schreimann. Es würde zweifellos zu Unzukömmlichkeiten führen, wenn der suspendierte Direktor des Institutes –

Löwenstein. Er ist nicht suspendiert.

Cyprian. Er hat die Leitung des Institutes niedergelegt.

Filitz. Nicht ganz freiwillig.

Pflugfelder. Er hat sie euch hingeschmissen!

Ebenwald. Ruhe, Ruhe, meine Herren!

Bernhardi. *(der nun ganz die Fassung verloren hat)*. Es hat natürlich niemand das Recht, mich von der Leitung meiner Abteilung zu entheben, aber ich nehme Urlaub bis zur Erledigung meiner Angelegenheit.

Cyprian. Was tust du denn?

Bernhardi. – nehme Urlaub –

Ebenwald. Ist erteilt.

Bernhardi. Danke! Und betraue für die Dauer meiner Abwesenheit mit der provisorischen Leitung meiner Abteilung meine bisherigen Assistenten, die Doktoren Kurt Pflugfelder und Oskar Bernhardi.

Ebenwald. Dagegen finde ich nichts einzuwenden.

Bernhardi. Und nun, meine Herren, trete ich meinen Urlaub an und habe die Ehre, mich zu empfehlen.

Löwenstein. Ich desgleichen.

Cyprian *nimmt seinen Hut.*

Bernhardi. Das wäre ja den Herren eben recht. Ich bitt euch, bleibt!

Pflugfelder. Und vor allem bleib du!

Bernhardi. Hier?

Adler *(zu Bernhardi)*. Herr Professor, ich wäre unglücklich, wenn Sie mein Benehmen mißdeuteten. Es liegt mir daran, Ihnen in dieser Stunde vor allen Anwesenden meine besondere Verehrung auszudrücken.

Bernhardi. Ich danke bestens. Wer nicht für mich ist, ist wider mich. Guten Abend, meine Herren. *(Ab.)*

Pflugfelder *(spricht unter wachsender Unruhe, die er oft überschreien muß)*. Und Sie lassen ihn gehen, meine Herren? Ich bitte Sie ein letztes Mal, kommen Sie doch zur Besinnung. Sie dürfen Bernhardi nicht gehen lassen. Lassen Sie doch alles Persönliche beiseite. Verzeihen Sie auch mir, wenn ich früher zu heftig gewesen bin. Werfen Sie doch einen Blick zurück, denken Sie, wie diese ganze unglückselige Geschichte angefangen hat, – und Sie müssen zur Besinnung kommen. Ein armes Menschenkind liegt todkrank im Spital, ein junges Geschöpf, das das bißchen Jugend und Glück und Sünde, wenn Sie wollen, teuer genug mit Todesangst und Qual und mit dem Leben selbst bezahlt. In den letzten Stunden kommt es zu Euphorie. Sie fühlt sich wohl, sie ist wieder glücklich, sie ahnt nicht den nahen Tod. Genesen glaubt sie sich! Sie träumt davon, daß ihr Geliebter kommen wird, sie abzuholen, sie hinauszuführen aus den Räumen des Elends und des Leids ins Leben und ins Glück. Es war vielleicht der schönste Augenblick ihres Lebens, ihr letzter Traum. Und aus diesem Traum wollte Bernhardi sie nicht mehr zur furchtbaren Wirklichkeit erwachen lassen. Das ist seine Schuld! Dieses Verbrechen hat er begangen! Dies und nichts mehr. Er hat den Pfarrer gebeten, das arme Mädel ruhig hinüberschlummern zu lassen. Gebeten. Sie wissen es alle. Wenn er auch minder höflich gewesen wäre, jeder müßte es ihm verzeihen. Was für eine ungeheuere Verlogenheit gehört dazu, um den ganzen Fall anders anzusehen als rein menschlich. Wo existiert der Mensch, dessen religiöse Gefühle durch das Vorgehen Bernhardis in Wahrheit verletzt worden wären? Und gibt es einen, wer anders ist daran schuld als diejenigen, die diesen Fall, boshaft entstellt, weiterverbreitet haben? Wer anders als diejenigen, meine Herren, in deren Interesse es eben lag, daß religiöse Gefühle verletzt werden sollten, in deren Interesse es liegt, daß es Leute gibt, die religiöse Gefühle verletzen? Und gäbe es nicht Strebertum, Parlamentarismus, menschliche Gemeinheit – Politik mit einem Wort, wäre es jemals möglich gewesen, aus diesem Fall eine Affäre zu machen? Nun, meine Herren, es ist geschehen, denn es gibt Streber, Schurken und Tröpfe. Aber wir wollen doch zu keiner dieser Kategorien gehören, meine Herren. Welche Verblendung treibt uns, Sie dazu, Ärzte, Menschen, gewohnt an Sterbebetten zu stehen, uns, denen ein Einblick in wirkliches Elend, in das Wesentliche aller Erscheinungen gegönnt ist, welche Verblendung treibt Sie dazu, diesen jämmerlichen Schwindel mitzumachen, eine lächerliche Parlamentsparodie aufzuführen, mit Für und Wider, mit Anträgen und Winkelzügen, mit Hinauf- und Hinunterschielen, mit Unaufrichtigkeiten und Schönschwätzerei – und Ihren Blick beharrlich vom Kern der Dinge abzuwenden, und aus kleinlichen Rücksichten der Tagespolitik einen Mann im Stich zu lassen, der nichts weiter getan hat als das Selbstverständliche! Denn ich bin weit davon entfernt, ihn darum zu preisen und ihn als Helden hinzustellen, einfach weil er ein Mann ist. Und von Ihnen, meine Herren, verlange ich nichts anderes, als daß Sie dieses bescheidenen

Ruhmestitels gleichfalls würdig wären, die Entschlüsse und Beschlüsse dieser heutigen Sitzung einfach als nicht erfolgt betrachten und Herrn Professor Bernhardi bitten, die Stellung wieder anzunehmen, die keinen besseren, keinen würdigeren Vertreter haben kann als ihn. Rufen Sie ihn zurück, meine Herren, ich beschwöre Sie, rufen Sie ihn zurück.

Ebenwald. Ich erlaube mir die Anfrage, ob Herr Professor Pflugfelder mit seinem Couplet zu Ende ist? Es scheint. Somit, meine Herren, gehen wir zur Tagesordnung über.

Pflugfelder. Habe die Ehre, meine Herren!

Cyprian. Adieu!

Löwenstein. Sie sind nicht mehr beschlußfähig, meine Herren.

Schreimann. Wir werden das Institut nicht im Stich lassen.

Filitz. Wir werden es verantworten, ohne Sie unsere Beschlüsse zu fassen.

Pflugfelder *(die Türe öffnend)*. Ah, das trifft sich ja gut! Herr Doktor Hochroitzpointner, bitte nur hereinzuspazieren.

Löwenstein. Exkneipe, Herr Vizedirektor!

Pflugfelder. So, nun sind die Herrschaften unter sich. Ich wünsche gute Unterhaltung!

(Cyprian, Pflugfelder, Löwenstein ab.)

Ebenwald. Wünschen Sie was, Herr Doktor Hochroitzpointner?

Hochroitzpointner. Oh! *(Er steht an der Türe.)*

Ebenwald. Also Türe zu! *(Geschieht.)* Die Sitzung dauert fort, meine Herren.

Vorhang

Vierter Akt

Salon bei Bernhardi. Türen im Hintergrund. Türe rechts.

Pflugfelder, gleich nach ihm Löwenstein von rechts.

Löwenstein *(noch hinter der Szene)*. Professor Pflugfelder! *(Herein.)*

Pflugfelder. Ah, Löwenstein! – Sie sind ja ganz außer Atem.

Löwenstein. Schon von der Straße aus lauf ich Ihnen ja nach. *(Fragend.)* Also was ist –?

Pflugfelder. Waren Sie denn nicht im Gerichtssaal?

Löwenstein. Während der Beratung über das Strafausmaß bin ich weggeholt worden. Wieviel –?

Pflugfelder. Zwei Monate.

Löwenstein. Zwei Monate, trotz der Aussage des Pfarrers? Ist das möglich?

Pflugfelder. Diese Aussage! Die war nur für den Pfarrer selbst von Vorteil. Bernhardi hat nicht den geringsten davon gehabt.

Löwenstein. Das ist aber doch – Wieso für den Pfarrer –?

Pflugfelder. Ja, haben Sie denn das Plädoyer des Staatsanwaltes nicht angehört?

Löwenstein. Nur den Anfang. Viermal bin ich heute weggeholt worden während der Verhandlung. Sonst kann man tagelang warten, bis es einem Patienten einfällt –

Pflugfelder. Na, na, Sie haben sich nicht zu beklagen –

Löwenstein. Also, was war mit dem Staatsanwalt?

Pflugfelder. Nun, daß der Pfarrer keinen Stoß, sondern nur eine leichte Berührung an der Schulter verspürt haben wollte, das gab dem Staatsanwalt willkommenen Anlaß, Seine Hochwürden als ein

Musterbild christlicher Langmut und Milde zu preisen und bei dieser Gelegenheit dem ganzen Priesterstand, der ja zur Not darauf verzichten könnte, ein Loblied zu singen.

Löwenstein. Da ist also Bernhardi tatsächlich nur auf die Zeugenaussagen von dieser hysterischen Schwester Ludmilla und von diesem sauberen Herrn Hochroitzpointner hin verurteilt worden?! Denn alle anderen Aussagen haben ihn doch vollständig entlastet. Adler muß ich direkt Abbitte leisten. Er hat sich famos benommen. Und Cyprian! Von Ihrem Herrn Sohn gar nicht zu sprechen!

Cyprian tritt ein. Löwenstein, Pflugfelder Begrüßung.

Pflugfelder. Wo bleibt Bernhardi?

Löwenstein. Haben sie ihn vielleicht gleich dort behalten?

Cyprian. Er wird wohl mit Doktor Goldenthal kommen.

Pflugfelder. So? Den bringt er sich gar mit?

Cyprian *(befremdet)*. Auf den Verteidiger können wir bei unserer Beratung heut wohl nicht verzichten.

Pflugfelder. Wir hätten von Beginn an auf ihn verzichten sollen.

Löwenstein. Sehr wahr.

Cyprian. Was habt ihr denn gegen ihn? Er hat vorzüglich gesprochen. Nicht sehr schneidig vielleicht –

Pflugfelder. Das kann man allerdings nicht behaupten.

Löwenstein. Goldenthal hat sich benommen wie ein Schubjack, wie übrigens nicht anders zu erwarten war.

Cyprian. Wieso nicht anders zu erwarten?

Löwenstein. Ein Getaufter! Seine Frau trägt so ein Kreuz. Seinen Sohn läßt er in Kalksburg erziehen! Das sind schon die Richtigen.

Cyprian. Du machst einen wirklich schon nervös mit deiner fixen Idee.

Löwenstein. Ich bin kein Vogel Strauß, sowenig als ich ein Kiebitz bin. Herr Doktor Goldenthal ist einer von denen, die immerfort Angst haben, man könnte doch vielleicht glauben – Mit einem andern Advokaten war die Sache anders ausgegangen.

Cyprian. Das bezweifle ich sehr. Mit einem andern Angeklagten vielleicht.

Pflugfelder. Wie?

Cyprian. Wir wollen Bernhardi ja nachträglich keine Vorwürfe machen, meine Lieben, gewiß nicht heute. Aber daß er sich besonders klug benommen hätte, das können ihm seine glühendsten Verehrer nicht nachsagen.

Löwenstein. Wieso? Ich habe ihn geradezu bewundert. Daß er sogar während der Aussage dieses Lumpen Hochroitzpointner die Ruhe bewahrte –

Cyprian. Ruhe nennst du das? Trotz war es.

Löwenstein. Trotz? Wieso Trotz?

Pflugfelder *(zu Cyprian)*. Er war wahrscheinlich nicht dabei, als Bernhardi die Vorladung Ebenwalds verlangte.

Löwenstein. Ah!

Cyprian. Das weißt du nicht? – Auch den Minister Flint wollte er vorladen lassen. –

Löwenstein. Großartig!

Cyprian. Das war nichts weniger als großartig. Was haben Flint und Ebenwald mit der Prozeßsache zu tun?

Löwenstein. Na, hörst du –

Cyprian. Absolut nichts. Es sah geradezu nach Sensationshascherei aus.

Pflugfelder. Na –

Cyprian. Wenn man die Dinge so weit an ihre Wurzeln verfolgen wollte, was für Leute hätte man heute noch vor Gericht laden müssen! Es wäre eine illustre Gesellschaft gewesen, sag ich euch.

Löwenstein. Schad, schad!

Kurt *tritt ein.*

Pflugfelder. Kurt!

(Auf ihn zu, umarmt ihn.)

Löwenstein *(zu Cyprian)*. Was ist denn das für eine rührende Familienszene?

Cyprian. Weißt du denn nicht? Kurt hat Herrn Hochroitzpointner vor Gericht einen Lügner genannt.

Löwenstein. Was –

Cyprian. Und wurde im Disziplinarwege zu zweihundert Kronen Geldstrafe verurteilt.

Löwenstein. Lieber Doktor Pflugfelder, darf ich Ihnen auch einen Kuß geben?

Kurt. Danke bestens, Herr Dozent, ich betrachte ihn als genossen.

Löwenstein. So lassen Sie mich wenigstens was zu den zweihundert Kronen beitragen.

Pflugfelder. Die zahlen schon wir. *(Zu Kurt.)* Aber das sag ich dir, Kurt, wenn du dir's vielleicht einfallen läßt, dich mit dem Menschen zu schlagen –

Kurt. Er soll's nur versuchen, mich zu fordern. Dann bring ich die Sache vor einen Ehrenrat. Und da wollen wir sehen –

Löwenstein. Er wird sich hüten.

Kurt. Das fürcht ich auch. Aber wie immer, abgeschlossen ist die Affäre Hochroitzpointner noch nicht, auch wenn es die Affäre Bernhardi sein sollte.

Cyprian. Was wir nicht hoffen wollen.

Löwenstein. Was haben Sie vor, Doktor Kurt?

Dr. Goldenthal, beleibter Herr von 45 Jahren, graumeliertes krauses Kopfhaar; schwarze Bartkoteletten; würdig, etwas salbungsvoll und nasal, kommt. Cyprian, Pflugfelder, Löwenstein, Kurt.

Goldenthal. Guten Abend, meine Herren.

Cyprian. Wo ist Bernhardi?

Goldenthal. Ich habe dem Professor geraten, sich durch eine Seitentüre aus dem Gerichtsgebäude zu entfernen.

Löwenstein. Um den ihm zugedachten Ovationen zu entgehen?

Goldenthal. Nur Geduld, meine Herren, auch das könnte noch kommen.

Cyprian. Na –

Goldenthal. Denn wenn wir auch diesmal keinen Sieg erfochten haben –

Löwenstein. Das kann man allerdings nicht sagen.

Goldenthal. Es war doch eine ehrenvolle Niederlage.

Pflugfelder. Zum mindesten für die, die nicht eingesperrt werden.

Goldenthal *(lacht)*. Sollten Sie den Verteidiger meinen, Herr Professor? Nun, das ist eine der wenigen Ungerechtigkeiten, gegen die einzuschreiten ich bisher noch niemals eine Nötigung empfunden habe. *(Neuer Ton.)* Aber nun, meine Herren, lassen Sie uns ein ernstes Wort sprechen. Es trifft sich vielleicht ganz gut, daß der Professor noch nicht hier ist. Ich wollte Sie nämlich dringend bitten, bei der nun bevorstehenden Beratung mich nach besten Kräften zu unterstützen.

Cyprian. Inwiefern?

Goldenthal. Unser verehrter Professor Bernhardi ist – wie soll ich nur sagen – ein wenig eigensinnig. Es hat sich ja heute auch leider im Laufe der Verhandlung gezeigt. Diese Idee mit der Vorladung des Ministers und sein obstinates Schweigen nachher – es machte keinen günstigen Eindruck! – Wir wollen nicht weiter davon reden. – Aber nun scheint Professor Bernhardi die Rolle des Beleidigten weiterspielen zu wollen und beabsichtigt, auf alle Rechtsmittel gegenüber dem Urteil von vornherein zu verzichten – und das –

Cyprian. So etwas habe ich vorausgesehen.

Löwenstein. Und Sie wollen die Nichtigkeitsbeschwerde einbringen, Herr Doktor?

Goldenthal. Selbstverständlich.

Löwenstein. Wäre ja aussichtslos.

Pflugfelder. Ich weiß, was jetzt zu tun wäre. An die Öffentlichkeit müßte man appellieren.

Goldenthal. Entschuldigen Sie, Herr Professor, der Prozeß hat nicht hinter verschlossenen Türen stattgefunden.

Pflugfelder. Zum Volk müßte man reden. Das mein ich. Der Unsinn war, daß wir bisher das Maul gehalten haben. Schaut euch die Gegenpartei an! Die klerikalen Blätter haben gehetzt, soviel sie nur konnten. Die haben es doch überhaupt dahin gebracht, daß die Anklage nicht wegen Vergehens, sondern gleich wegen Verbrechens, gegen Bernhardi erhoben worden ist, und man ihn so vor die Geschworenen bringen konnte. Die haben nicht erst den Ausgang der Verhandlung abgewartet, um über die Affäre zu schreiben, wie es unsere liberalen Zeitungen offenbar für nötig hielten.

Löwenstein. Die sind halt vornehm.

Pflugfelder. Ja, man könnte es zuweilen auch anders nennen. Aber es ist eben gegangen, wie leider so oft in der Welt. Was der

Unbedenklichkeit und dem Haß der Feinde vielleicht doch nicht ganz gelungen wäre, das hat die Laxheit und die Feigheit der sogenannten Freunde besorgt.

Cyprian. Zum Volk willst du sprechen? Zu unserer Bevölkerung! Die Geschworenen heute könnten dir doch als Kostprobe dienen.

Pflugfelder. Man hat heute vielleicht nicht die richtigen Worte gefunden, um auf sie zu wirken.

Goldenthal. Oh!

Pflugfelder. Haltet mich für einen Narren, wenn es euch beliebt, ich glaube an ein elementares Rechtsgefühl in juridisch unverbildeten Köpfen, an den ursprünglich gesunden Sinn des Volkes.

Löwenstein. Pflugfelder hat recht! Man muß Versammlungen einberufen und die Leute über den Fall Bernhardi aufklären.

Cyprian. Versammlungen zur Besprechung des Falles Bernhardi dürften nicht gestattet werden.

Pflugfelder. Es bieten sich andere Gelegenheiten. Die Landtagswahlen stehen vor der Tür.

Cyprian. Kandidierst du vielleicht?

Pflugfelder. Nein, aber reden werde ich. Und werde nicht ermangeln, den Fall Bernhardi –

Cyprian. Was wirst du reden? Du wirst genötigt sein, Selbstverständlichkeiten zu sagen.

Pflugfelder. Meinethalben. Wenn unsere Gegner die Frechheit haben, diese Selbstverständlichkeiten zu leugnen, bleibt uns nichts übrig, als sie immer wieder in die Welt hinauszuschreien. Die Angst, daß uns die Snobs bei dieser Gelegenheit Phrasendrescher heißen könnten, darf uns nicht verleiten, den Paradoxen und Lügen das Feld zu räumen.

Löwenstein. Und es wäre sehr zu überlegen, ob im Interesse der Sache Bernhardi nicht jedenfalls seine zwei Monate absitzen sollte. *(Gelächter.)*

Pflugfelder. Gewiß würde die Infamie, die an ihm verübt wurde, augenfälliger.

Bernhardi und Oskar treten ein. Pflugfelden Cyprian, Kurt, Löwenstein, Goldenthal.

Bernhardi. *(sehr aufgeräumt, da er die andern eben noch lachen hört).* Da geht's ja hoch her. Bin auch dabei. Bitte um Entschuldigung, daß ich habe warten lassen. *(Händedrücke.)*

Cyprian. Also, ist es dir gelungen, dich den Ovationen zu entziehen?

Bernhardi. Nicht so ganz. An der Seitentür haben vorsichtshalber auch einige – Herren – gewartet und mir einen gebührenden Empfang bereitet.

Löwenstein. Hat man dir die Pferde ausgespannt?

Bernhardi. Nieder mit den Juden! haben sie geschrien. Nieder mit den Freimaurern!

Löwenstein. Hört ihr!

Bernhardi. Sie machen mir doch das Vergnügen zum Abendessen, meine Herren. Willst du nicht nachsehen, Oskar, ob genügend vorgesorgt ist? Meine Wirtschafterin hat mir nämlich gekündigt. Ihr Beichtvater hat ihr erklärt, daß sie unmöglich in so einem Hause bleiben dürfe, ohne größte Gefahr für ihr Seelenheil! – Es wird natürlich etwas frugal sein, wie es sich für die Tafel eines angehenden Sträflings geziemt. Aber Oskar! Mir scheint gar, der Bub hat Tränen im Auge. *(Leiser.)* Nicht sentimental sein.

Oskar. Ich bin nur wütend. *(Ab, kommt bald wieder.)*

Adler tritt ein.

Bernhardi. Seien Sie mir gegrüßt, Doktor Adler. Ein reuiger Sünder ist meinem Angesicht wohlgefälliger als zehn Gerechte.

Adler *(leicht).* Ich war niemals ein Sünder, Herr Professor. Ich betone nochmals, dieser Prozeß erschien mir von allem Anfang an als eine

Notwendigkeit. Allerdings konnte ich nicht voraussehen, daß Herr Hochroitzpointner vor Gericht mehr Glauben finden würde als Professor Cyprian und ich.

Cyprian. Wir können uns nicht beklagen. Dem Herrn Pfarrer selbst ist es nicht anders ergangen.

Goldenthal. Ja, meine Herren. Der Herr Pfarrer! – Das war ein merkwürdiger, in gewissem Sinn vielleicht sogar ein historischer Moment, als Seine Hochwürden Zeugenschaft ablegte, und – freilich erst auf meine Frage hin – seiner Überzeugung Ausdruck verlieh, daß Professor Bernhardi keine feindselige Demonstration der katholischen Kirche gegenüber beabsichtigt hätte. Man kann ermessen, wie stark gewisse Strömungen in unserer Bevölkerung heute sein müssen, wenn nicht einmal die Aussage des Herrn Pfarrers imstande war, unserer Sache zu nützen.

Bernhardi. Wenn Seine Hochwürden das hätte befürchten müssen, so hätte er jedenfalls anders ausgesagt.

Goldenthal. Oh, Herr Professor! Wie können Sie annehmen, daß ein Diener der Kirche jemals wissentlich eine Unwahrheit aussprechen würde.

Pflugfelder. Soll schon vorgekommen sein.

Adler. Ich glaube, Herr Professor, Sie tun dem Pfarrer unrecht. Aus seinen Worten, aus seiner ganzen Haltung sprach geradezu eine Art von Sympathie für Sie. Das ist kein ganz gewöhnlicher Mensch. Schon damals im Krankenzimmer hatte ich den Eindruck.

Bernhardi. Sympathie! An die glaube ich nur, wenn es mit einigem Risiko verbunden ist, sie zu beweisen.

Goldenthal. Ich bezweifle, daß Seiner Hochwürden die heutige Aussage in seiner weiteren Karriere von besonderem Vorteile sein dürfte. Wir wollen übrigens hoffen, daß er noch einmal in die Lage versetzt sein wird, Zeugenschaft abzulegen; – und dann, Herr Professor, wenn Ihnen Gerechtigkeit widerfahren sein wird, werden auch Sie gerechter urteilen.

Bernhardi. Ich sagte Ihnen schon, Herr Doktor, daß ich auf jedes Rechtsmittel verzichte. Der Prozeß heute war eine Farce. Ich werde mich nicht noch einmal vor diese Leute oder ihresgleichen hinstellen. Nebstbei wissen Sie so gut wie ich, Herr Doktor, daß es vollkommen aussichtslos wäre.

Goldenthal. Pardon! – wie sich die obersten Instanzen verhalten werden, das läßt sich durchaus nicht –

Pflugfelder. Je höher hinauf, um so schlimmer.

Goldenthal. Meine Herren, es wird auch Ihnen nicht entgangen sein, daß sich gerade im Laufe der letzten Monate gewisse Veränderungen in der politischen Konstellation vorbereiten.

Löwenstein. Ich merke nichts davon. Immer ärger wird es.

Goldenthal. Verzeihen Sie, ich fühle, wie durch unser Vaterland allmählich wieder ein freiheitlicherer Zug zu wehen beginnt, – und ein nächster Prozeß könnte sich schon unter einem minder verhängten Himmel abspielen.

Bernhardi. Und was wäre schon das Höchste, was ich erreichen könnte? Ein Freispruch. Das genügt mir nicht mehr. Wenn ich nur zu meinem Recht komme, so bin ich noch lange nicht quitt mit den Herren Flint, Ebenwald und Konsorten.

Goldenthal. Verehrter Herr Professor, ich sagte Ihnen schon, für das, was Sie diesen Herren vorzuwerfen haben, gibt es keine gerichtlichen Beweise.

Bernhardi. Man wird mir glauben – auch ohne gerichtliche Beweise.

Goldenthal. Aber eine Schuld dieser Herren im juridischen Sinn ist überhaupt nicht zu konstruieren.

Bernhardi. Darum verzichte ich eben auf weitere juridische Behandlung des Falles.

Goldenthal. Es ist meine Pflicht, Herr Professor, Sie vor Übereilungen zu warnen. Ich tue es hier vor Zeugen. Ich verstehe ja, daß das an Ihnen verübte Unrecht Ihr Blut in Wallung bringt. Aber auf dem Wege, der Ihnen jetzt vorzuschweben scheint, liegen nur neue Prozesse –

Cyprian. Und wahrscheinlich neue Verurteilungen.

Bernhardi. Man wird wissen, wo die Wahrheit ist, geradeso wie man's heute weiß.

Pflugfelder. Was immer du vorhast, auf mich kannst du zählen.

Löwenstein. Auch auf mich. Und ich behaupte, das ganze System muß getroffen werden.

Pflugfelder. Flint müßte man zum Teufel jagen.

Goldenthal. Aber meine Herren!

Löwenstein. Ja, dieser Flint, auf den ihr so große Hoffnungen gesetzt habt, und der jetzt einfach der Handlanger der Klerikalen geworden ist. Dieser sogenannte Mann der Wissenschaft, unter dem die Pfaffen frecher geworden sind als je. Wenn es so weitergeht, liefert er der schwarzen Brut die ganze Schule aus, dieser Minister für Kultus und Heuchelei!

Goldenthal. Pardon, es ist eine bekannte Tatsache, daß zweifellos liberale Journalisten im Unterrichtsministerium aus und ein gehen. Und was gewisse Maßnahmen des Herrn Ministers anbelangt, meine Herren, auf die Sie offenbar anspielen, so muß ich sagen, auf die Gefahr hin, mir Ihr Mißfallen zuzuziehen, daß ich sie nicht so durchaus verwerflich finde.

Pflugfelder. Wie, Sie sind für den Beichtzwang bei Schulkindern? Sie sind für die Gründung einer katholischen Universität, Herr Doktor?

Goldenthal. Ich will ja nicht sagen, daß ich meine Söhne dort studieren ließe.

Löwenstein. Warum, Herr Doktor? Man wird von Kalksburg aus ohne Umsteigen hingelangen.

Goldenthal. Kalksburg, meine Herren, ist eine der vorzüglichsten Schulen, die Österreich besitzt. Und ich konstatiere bei dieser Gelegenheit gern, daß auch unter den von mancher Seite so sehr verlästerten Klerikalen Männer von geistiger Bedeutung, ja sogar, wie es sich heute wieder gezeigt hat, tapfere und edle Menschen zu finden sind. Und mein Prinzip war immer, auch im erbittertsten Kampf: Respekt vor der Überzeugung meiner Gegner.

Löwenstein. Die Überzeugungen des Ministers Flint!

Goldenthal. Er schützt eben alle Überzeugungen. Und das ist seine Pflicht auf der Warte, wo ihn die Vorsehung hingestellt hat. Glauben Sie mir, meine Herren, es gibt Dinge, an die man nicht rühren – und nicht rühren lassen soll.

Pflugfelder. Warum, wenn ich fragen darf? Die Welt ist überhaupt nur dadurch weitergekommen, daß irgend jemand die Courage gehabt hat, an Dinge zu rühren, von denen die Leute, in deren Interesse das lag, durch Jahrhunderte behauptet haben, daß man nicht an sie rühren darf.

Goldenthal. In dieser allgemeinen Form dürfte Ihre geistreiche Behauptung kaum aufrecht zu erhalten sein, und jedenfalls kann sie auf unsere Affäre keine Anwendung finden, da ja unserem verehrten Freunde Bernhardi, wie er ohne weiteres zugeben wird, gewiß die Absicht ferngelegen war, die Welt weiterzubringen.

Löwenstein. Es wird sich vielleicht einmal zeigen, daß er es getan hat.

Bernhardi. Oh! Oh! Wohin geratet ihr!

Pflugfelder. Wie die Dinge heute stehn, ist deine Angelegenheit nur von einem allgemeinen Standpunkt aus zu behandeln. Deine Gegner haben ja den Anfang gemacht. Auch der Staatsanwalt hat sich nicht geniert. Sollten Sie das nicht bemerkt haben, Herr Doktor?

Goldenthal. Auf dieses Gebiet konnte ich dem Herrn Staatsanwalt nicht folgen. Meine Aufgabe ist es nicht, Politik zu machen, sondern zu verteidigen.

Pflugfelder. Wenn Sie wenigstens diese Aufgabe erfüllt hätten.

Bernhardi. Aber, Pflugfelder, ich werde nicht gestatten –

Goldenthal. Oh, lassen Sie doch, Herr Professor, die Sache beginnt mich zu interessieren. – Also, Sie finden, daß ich meinen Klienten nicht verteidigt habe?

Pflugfelder. Meiner unmaßgeblichen Ansicht nach nein. Denn wenn man Ihnen zugehört hat, Herr Doktor, mußte man ja wirklich glauben, daß sämtliche religiösen Gefühle der katholischen Welt, von denen Seiner Heiligkeit des Papstes an bis zu denen des Betbruders im entlegensten Dorf, durch Bernhardis Vorgehen gegen den Pfarrer aufs tiefste verletzt worden seien. Und statt einfach zu erklären, daß jeder Arzt so handeln müßte, wie Bernhardi tat, und daß jeder, der das bestreitet, nur ein Tropf oder ein Schurke sein kann, haben Sie es für nötig gefunden, als einen Akt der Unbesonnenheit zu entschuldigen, was einfach seine ärztliche Pflicht gewesen ist. Die böswilligen Idioten auf der Geschworenenbank, die vom ersten Augenblick an entschlossen waren, Bernhardi schuldig zu sprechen, haben Sie behandelt wie die erlesensten Köpfe der Nation – und die Richter, die die Kerkerstrafe für Bernhardi sozusagen in der Aktentasche mitgebracht hatten, als Musterbilder von Scharfsinn und Gerechtigkeit, Sogar den Lumpen Hochroitzpointner und die Schwester Ludmilla haben Sie mit Glacéhandschuhen angefaßt und sind so weit gegangen, diesen falschen Zeugen den guten Glauben zuzubilligen. Und Sie haben sich nicht anders gebärdet, als glaubten Sie, Sie, Herr Doktor Goldenthal, im Innersten Ihrer Seele selbst an die Unerläßlichkeit und Kraft jenes Sakramentes, gegen das sich Bernhardi angeblich vergangen, und ließen durchblicken, daß unser Freund Bernhardi im Grunde doch sehr unrecht täte, nicht auch daran zu glauben. Immer zuerst ein höfliches Neigen des Kopfes gegen den Herrn Klienten, und dann ein tiefes Buckerl nach der Seite, wo seine Feinde standen, vor der Dummheit, der Verleumdung, der Heuchelei. Wenn Bernhardi damit zufrieden ist, so ist das seine Sache, ich, Herr Doktor Goldenthal, vermag für diese Art Verteidigung das nötige Verständnis nicht aufzubringen.

Goldenthal. Und ich, Herr Professor, muß es begrüßen, daß Sie Ihre großen Gaben der Medizin und nicht dem Jus gewidmet haben, denn zweifellos wäre es Ihnen gelungen, bei Ihrem Temperament und Ihrer Auffassung von der Würde des Gerichtssaales, auch den Unschuldigsten ins Kriminal zu bringen.

Löwenstein. Das treffen Sie ja auch, Herr Doktor, trotz Ihres erfreulichen Mangels an Temperament.

Bernhardi. Aber jetzt ist es wahrhaftig genug. Ich muß euch bitten –

(Die Türe ins Speisezimmer wurde geöffnet.)

Goldenthal *(abwehrend)*. Verehrter Herr Professor, glücklich der Mann, der solche Freunde sein eigen nennt. Ich für meinen Teil lasse gern den Vorwurf auf mir sitzen, daß ich nicht zu den gewissenlosen Verteidigern gehöre, die einem rednerischen Effekt zuliebe ihren Klienten der Erbitterung seiner Richter preisgeben. – Aber selbstverständlich, Herr Professor, denke ich nicht daran, Ihnen meinen Rat weiterhin aufzudrängen, und stelle anheim –

Cyprian *(zu Pflugfelder)*. Siehst du!

Bernhardi. Was fällt Ihnen ein, Herr Doktor.

Pflugfelder. Wenn sich hier einer zu entfernen hat, so bin das selbstverständlich ich. Ich muß dich auch um Verzeihung bitten, lieber Bernhardi, daß ich mich habe hinreißen lassen; zurücknehmen kann ich selbstverständlich nichts. Kein Wort mehr, Bernhardi, ich bin hier überflüssig.

Diener *kommt, flüstert Bernhardi etwas zu.*

Bernhardi *sehr betreten, zögert eine Weile, er will sich an Cyprian wenden, läßt es wieder sein.*

Pflugfelder *hat sich indessen entfernt.*

Bernhardi. Verzeihen Sie, meine Herren, ein Besuch, den ich unmöglich abweisen kann. Er wird mich hoffentlich nicht allzulange – Bitte fangen Sie nur an zu essen. Oskar, sei so gut –

Cyprian *(zu Bernhardi)*. Was ist denn?

Bernhardi. Später, später.

(Oskar, Kurt, Löwenstein, Adler, Cyprian, Goldenthal ins Speisezimmer.)

Bernhardi. *(zum Diener)*. Ich lasse bitten.

Diener *ab.*

Bernhardi *schließt die Portiere zum Speisezimmer.*

Pfarrer tritt ein. Bernhardi und Pfarrer.

Bernhardi. *(ihn an der Türe empfangend)*. Ich bitte –

Pfarrer. Guten Abend, Herr Professor.

Bernhardi. Eine Beileidsvisite, Hochwürden?

Pfarrer. Nicht eben das. Aber es war mir ein unabweisbares Bedürfnis, noch heute mit Ihnen zu sprechen.

Bernhardi. Ich bin zu Ihrer Verfügung, Hochwürden. *(Bietet ihm einen Stuhl an, beide setzen sich.)*

Pfarrer. Trotz des für Sie ungünstigen Ausganges des Prozesses, Herr Professor, dürfte Ihnen klar sein, daß ich an Ihrer Verurteilung keine Schuld trage.

Bernhardi. Wenn ich Ihnen dafür dankte, Hochwürden, daß Sie unter Ihrem Zeugeneid die Wahrheit gesprochen haben, müßte ich fürchten, Sie zu verletzen. Also –

Pfarrer *(schon etwas verstimmt)*. Ich bin nicht gekommen, mir Ihren Dank zu holen, Herr Professor, obwohl ich mehr getan habe, als einfach die Antwort zu erteilen, zu der ich als Zeuge verpflichtet war. Denn, wenn Sie sich freundlichst erinnern wollen, gab ich auf eine Frage Ihres Herrn Verteidigers hin ohne Zögern meiner Überzeugung Ausdruck, daß Sie bei Ihrem Verhalten gegen mich damals an der Türe des Krankenzimmers keineswegs von ostentativ feindlichen Absichten gegen die katholische Kirche geleitet waren.

Bernhardi. Damit sind Hochwürden gewiß über das Maß Ihrer Verpflichtungen hinausgegangen, aber vielleicht belohnt Sie hierfür die Wirkung, die Sie mit Ihrer Aussage erzielt haben.

Pfarrer. Ob diese Wirkung, Herr Professor, auch überall außerhalb des Gerichtssaales als eine mir günstige bezeichnet werden darf, das wollen wir dahingestellt sein lassen. Aber Sie können sich wohl denken, Herr Professor, daß ich nicht gekommen bin, um meine Aussage vor Gericht privatim vor Ihnen zu rekapitulieren. Was mich dazu veranlaßt, noch heute zu so später Stunde bei Ihnen vorzusprechen, ist der Umstand, daß ich Ihnen ein – noch weiter gehendes Zugeständnis zu machen habe.

Bernhardi. Ein weiter gehendes Zugeständnis?

Pfarrer. Ja. Vor Gericht gab ich meiner Überzeugung Ausdruck, daß Sie nicht in feindlicher Absicht gegen mich oder gegen – das, was ich zu repräsentieren habe, vorgegangen sind. Ich sehe mich aber nun veranlaßt, Ihnen zuzugestehen, Herr Professor, daß Sie in dem speziellen Fall – verstehen Sie mich wohl, Herr Professor – in dem speziellen Fall, um den es sich hier handelt, in Ihrer Eigenschaft als Arzt vollkommen korrekt gehandelt haben, daß Sie innerhalb Ihres Pflichtenkreises, geradeso wie ich innerhalb des meinen, nicht anders handeln konnten.

Bernhardi. Habe ich Sie recht verstanden? Sie gestehen mir zu, daß ich vollkommen korrekt – daß ich nicht anders handeln konnte?

Pfarrer. Daß Sie als Arzt nicht anders handeln konnten.

Bernhardi. *(nach einer Pause)*. Wenn dies Ihre Meinung ist, Hochwürden, dann muß ich allerdings sagen, daß sich vor wenigen Stunden für dieses Zugeständnis eine bessere, ja vielleicht die einzig richtige Gelegenheit geboten hätte.

Pfarrer. Daß es nicht Mangel an Mut war, der mir die Lippen verschloß, brauche ich Ihnen nicht zu versichern. Wäre ich sonst hier, Herr Professor?

Bernhardi Was also –

Pfarrer. Das will ich Ihnen sagen, Herr Professor. Was mich vor Gericht verstummen ließ, das war die mit der Kraft göttlicher Erleuchtung in mir hervorbrechende Einsicht, daß ich durch ein Wort mehr einer wahrhaft heiligen, ja, der mir heiligsten Sache unermeßlichen Schaden zugefügt hätte.

Bernhardi. Ich kann mir nicht denken, daß es für einen so mutigen Mann, wie Hochwürden es sind, eine heiligere Sache geben könnte als die Wahrheit.

Pfarrer. Wie? Keine heiligere, Herr Professor, als die geringfügige Wahrheit, die ich etwa in jenem Einzelfall bis zu Ende hätte vertreten dürfen? Das werden Sie wohl selbst nicht behaupten wollen. Hätte ich Ihnen öffentlich nicht nur Ihre gute Absicht zugestanden, worin ich schon weiter ging, als mir manche Wohldenkende verzeihen werden, sondern es überdies als Ihr Recht erkannt, mich von dem Bett einer Sterbenden, einer Christin, einer Sünderin, fortzuweisen, so hätten die Feinde unserer heiligen Kirche eine solche Erklärung weit über das Maß ausgenützt, für das ich die Verantwortung hätte übernehmen können. Denn wir haben nicht nur loyale Feinde, Herr Professor, wie Ihnen gewiß nicht unbekannt sein wird. Und die geringfügige Wahrheit, die ich ausgesprochen hätte, wäre dadurch in einem höheren Sinne Lüge geworden. Und was wäre das Resultat gewesen? Nicht etwa als ein allzu Nachsichtiger, nein, als ein Abtrünniger, als ein Verräter wäre ich vor denjenigen gestanden, denen ich Rechenschaft und Gehorsam schuldig bin, – und vor meinem Gotte selber. Darum habe ich nicht gesprochen.

Bernhardi. Und warum, Hochwürden, tun Sie es jetzt?

Pfarrer. Weil ich in dem Augenblick, da jene Erleuchtung über mich kam, sofort das Gelübde tat, Ihnen persönlich als dem einzigen, dem ich es vielleicht schuldig bin, ein Bekenntnis abzulegen, das die Öffentlichkeit mißverstanden und mißdeutet hätte.

Bernhardi. Hierfür danke ich Ihnen, Hochwürden. Und lassen Sie mich hoffen, daß Sie niemals in die Lage kommen werden, öffentlich in einer Sache auszusagen, wo mehr auf dem Spiele stünde als – mein geringes Schicksal. Denn es könnte sich ja fügen, daß Sie auch dann, was mir als Ihr höchst persönliches Bedenken erscheint, als göttliche Erleuchtung empfänden, und daß damit eine noch höhere Wahrheit zu Schaden käme als die ist, die Sie glauben vertreten und schützen zu müssen.

Pfarrer. Eine höhere als die meiner Kirche vermag ich nicht anzuerkennen, Herr Professor. Und meiner Kirche höchstes Gesetz heißt Einordnung und Gehorsam. Denn bin ich aus der Gemeinschaft ausgestoßen, von deren Wirken so unendlicher Segen über die Welt ausstrahlt, so ist für mich, anders als bei Männern, die in einem freien Berufe stehen, wie Sie, Herr Professor, die Möglichkeit jeden Wirkens und damit der ganze Sinn meines Daseins aufgehoben.

Bernhardi. Mir ist, Hochwürden, als hätte es Priester gegeben, denen der Sinn des Daseins erst damit begann, daß sie sich aus ihrer Gemeinschaft lösten und ohne jede Rücksicht auf Unannehmlichkeit und Gefahr verkündeten, was sie für Recht und Wahrheit hielten.

Pfarrer. Wenn ich zu diesen gehörte, Herr Professor –

Bernhardi. Nun?

Pfarrer. – so hätte Gott mich wohl heute schon vor Gericht aussprechen lassen, was Sie nun erst in diesen vier Wänden vernehmen durften.

Bernhardi. Gott also war es, der Ihnen dort die Lippen verschloß? Und nun schickt Gott Sie zu mir, auf daß Sie mir unter vier Augen zugestehen, was vor Gericht auszusprechen Ihnen verwehrt war? Man muß sagen, er macht es Ihnen recht bequem, Ihr Gott!

Pfarrer *(sich erhebend)*. Verzeihen Sie, Herr Professor, meinem Zugeständnis, das Sie sonderbarerweise als ein Bekenntnis eines an Ihnen begangenen Unrechtes aufzufassen scheinen, habe ich nichts hinzuzufügen. Keineswegs war es in meinem Gelöbnis mit einbegriffen, mit Ihnen ein Gespräch über Dinge zu führen, in denen wir uns kaum verstehen können.

Bernhardi. Und so schlagen Sie mir die Türe vor der Nase zu, Hochwürden – ? Als einen Beweis dafür, daß Sie drin sind und ich draußen, vermag ich das allerdings nicht anzuerkennen. Immerhin bleibt mir nun nichts anderes mehr übrig als zu bedauern, Hochwürden, daß Sie sich vergeblich herbemüht haben.

Pfarrer *(nicht ohne Ironie)*. Vergeblich?

Bernhardi. Da ich es doch nicht vermag, Sie so völlig zu absolvieren, als Sie nach einem so ungewöhnlichen Schritt vielleicht erwarten durften.

Pfarrer. Absolution? Um die war es mir wohl nicht zu tun, Herr Professor. Vielleicht um Beruhigung. Und die ist mir geworden, sogar in weit höherem Maße, als ich hoffen durfte. Denn jetzt, Herr Professor, beginne ich diese ganze Angelegenheit in neuem Lichte zu sehen. Es wird mir allmählich offenbar, daß ich mich über den wahren Grund meines Hierherkommens, meines Hierher gesandtseins im Irrtum befunden habe.

Bernhardi. Oh!

Pfarrer. Kein Bekenntnis hatte ich Ihnen abzulegen, wie ich anfangs glaubte, sondern von einem Zweifel mich zu befreien. Von einem Zweifel, Herr Professor, der mir selbst als solcher noch nicht bewußt war, als ich hier eintrat. Nun aber hat er sich gelöst, Klarheit dringt in meine Seele, und was ich Ihnen früher zugestanden habe, Herr Professor, ich bedauere sehr, ich muß es wieder zurücknehmen.

Bernhardi. Sie nehmen es zurück? Ich habe es nun einmal empfangen, Hochwürden.

Pfarrer. Es gilt nicht mehr. Denn jetzt weiß ich es, Herr Professor, Sie waren nicht im Recht, als Sie mich von dem Bett jener Sterbenden fortwiesen.

Bernhardi. Ah!

Pfarrer. Sie nicht! Andere im gleichen Falle wären es vielleicht gewesen. Sie aber gehören nicht zu diesen. Jetzt weiß ich es. Es ist bestenfalls eine Selbsttäuschung, wenn Ihnen als ärztliche Fürsorge, als menschliches Mitleid erscheint, was Sie veranlaßt hat, mir den Eintritt in jenes Sterbezimmer zu verweigern. Dieses Mitleid, diese Fürsorge, sie waren nur Vorwände; nicht völlig bewußte vielleicht, aber doch nichts anderes als Vorwände.

Bernhardi. Vorwände? Sie wissen mit einemmal nicht mehr, Hochwürden, was Sie noch vor wenigen Minuten wußten und mir zugestanden, daß mir eine Verantwortung auferlegt war – wie Ihnen!?

Pfarrer. Das gestehe ich Ihnen auch weiterhin zu. Was ich bestreite, ist nur, daß Sie aus diesem Gefühl der Verantwortung heraus mir den Eintritt in das Sterbezimmer verweigert haben. Der wahre Grund Ihrer Haltung gegen mich lag nicht in Ihrem Verantwortungsgefühl, auch nicht in der edlen Aufwallung eines Momentes, wie Sie sich vielleicht einbilden, wie sogar ich selbst zu glauben nahe war, sondern er lag viel tiefer, in den Wurzeln Ihres Wesens selbst. Jawohl, Herr Professor, der wirkliche Grund war, – wie soll ich sagen –, eine Antipathie gegen mich – eine unbeherrschbare Antipathie vielmehr eine Feindseligkeit –

Bernhardi. Feindseligkeit –?

Pfarrer. – gegen das, was dieses Gewand hier für Sie und Ihresgleichen bedeutet. Oh, im Laufe dieser Unterredung haben Sie mir genugsam

Beweise gegeben, daß es sich so verhält. Und nun weiß ich auch, daß geradeso wie heute auch damals schon aus Ihrer ganzen Haltung, aus jedem Ihrer Worte mir doch nur jene Feindseligkeit entgegenklang, jene unbezwinglich tiefe, die Männer Ihrer Art gegen meinesgleichen nun einmal nicht überwinden können.

Bernhardi. Feindseligkeit! wiederholen Sie immer wieder. Und wenn es so wäre! Was mir im Laufe dieser letzten Wochen widerfuhr, diese ganze Hetze gegen mich, die Sie ja selbst als verlogen und unwürdig empfinden, könnte die nicht noch nachträglich rechtfertigen, was Sie Feindseligkeit nennen, wenn so etwas wirklich schon vorher bei mir bestanden hätte? Und ich will nicht leugnen, daß ich, trotz einer angeborenen beinahe ärgerlichen Neigung zur Gerechtigkeit, im Laufe dieser letzten Wochen von einer solchen – Feindseligkeit eine Ahnung in mir aufsteigen gefühlt habe – nicht so sehr gegen Ihre Person, Hochwürden – als gegen die – Gesellschaft, die sich um Sie geschart hat. Aber das kann ich beschwören, in dem Augenblick, Hochwürden, da ich Ihnen den Eintritt in jenes Krankenzimmer verweigerte, da war von dieser Feindseligkeit kein Hauch in mir. So reinen Herzens stand ich Ihnen dort gegenüber in meiner Eigenschaft als Arzt – wie nur je irgendein Angehöriger Ihres Standes am Altar eine kirchliche Handlung verrichtet hat. Nicht weniger reinen Herzens, als Sie mir gegenüberstanden, – der gekommen war, meiner Kranken die letzten Tröstungen der Religion zu bringen. Das wußten Sie, als Sie vorhin in mein Zimmer traten. Das gestanden Sie mir zu. Sie sollten diese Erkenntnis nicht plötzlich wieder von sich weisen, – weil Sie fühlen – was ja auch ich fühle – und vielleicht nie stärker gefühlt habe als in dieser Stunde, daß irgend etwas uns trennt, – über dessen Vorhandensein wir auch unter freundlicheren Umständen uns nicht hinwegtäuschen könnten.

Pfarrer. Und Sie fühlten es nie stärker als in dieser Stunde?

Bernhardi. Ja, – in dieser Stunde, da ich doch wohl einem der – Freiesten Ihres Standes gegenüberstehe. Aber für das, was uns trennt, und wahrscheinlich für alle Zeiten trennen muß, Hochwürden, – dafür scheint mir – Feindseligkeit ein zu armes und kleines Wort. Es ist von etwas höherer Art, denk ich – und – von hoffnungsloserer.

Pfarrer. Da mögen Sie recht haben, Herr Professor. Hoffnungslos. Gerade diesmal – gerade zwischen Ihnen und mir will es sich erweisen. Denn schon manchmal ward mir Gelegenheit zu ähnlichen bis an eine gewisse nicht unbedenkliche Grenze führenden Unterredungen mit Männern aus Ihren Kreisen, mit – Gelehrten, mit Aufgeklärten *(etwas spöttisch)* niemals aber schien jede Verständigung so außer dem Bereich der Möglichkeit zu liegen wie hier. Allerdings hätte ich es vielleicht gerade am Abend des heutigen Tages vermeiden sollen, – Ihnen im Gespräch bis zu diesen Grenzen zu folgen.

Bernhardi. Ich hoffe, Hochwürden, Sie erweisen mir so viel – Respekt, um nicht etwa eine durch persönliche Erlebnisse des heutigen Tages verursachte üble Laune für meine Art der – Weltbetrachtung verantwortlich zu machen.

Pfarrer. Das liegt mir fern, Herr Professor – Wenn es sich so unüberbrückbar – so abgrundtief auftut zwischen zwei Männern wie – Sie und ich, die ja vielleicht beide – ohne *(lächelnd)* Feindseligkeit sein mögen, dann muß das wohl seine tieferen Ursachen haben. Und ich sehe diese Ursache darin, daß immerhin zwischen Glaube und Zweifel eine Verständigung möglich sein dürfte, – nicht aber zwischen Demut und, – Sie werden das Wort nicht mißverstehn, wenn Sie sich mancher Ihrer früheren Äußerungen erinnern –, zwischen Demut und Vermessenheit.

Bernhardi. Vermessenheit –?! Und Sie, Hochwürden, dem sich für das, was Sie auf dem Grund meiner Seele vermuten, kein – milderes Wort darbietet, Sie glauben sich frei von – Feindseligkeit gegen – Männer meiner Art?

Pfarrer *(will zuerst etwas heftiger werden, nach kurzer Sammlung, mit kaum merklichem Lächeln)*. Ich weiß mich frei. Mir, Herr Professor, gebietet meine Religion, auch die zu lieben, die mich hassen.

Bernhardi. *(stark)*. Und mir die meine, Hochwürden, oder das, was an ihrer Stelle in meine Brust gesenkt ist –, auch dort zu verstehen, wo ich nicht verstanden werde.

Pfarrer. Ich zweifle nicht an Ihrem guten Willen. Aber das Verstehen, Herr Professor, hat seine Grenzen. Wo der menschliche Geist waltet, – Sie haben es gewiß selbst oft genug erfahren –, gibt es Trug und Irrtum. Was nicht trügt, – Menschen meiner Art nicht zu trügen vermag, – ist – *(zögert)* ich will lieber gleich ein Wort wählen, gegen das auch Sie nichts werden einzuwenden haben, Herr Professor, ist – das innere Gefühl.

Bernhardi. Wollen wir's denn so nennen, Hochwürden. Diesem inneren Gefühl, wenn es auch in meine Seele aus andern Quellen fließen dürfte, – dem versuche ja auch ich zu vertrauen. Was bleibt uns – allen am Ende anderes übrig? Und wenn es – unsereinem nicht so leicht wird wie Männern Ihrer Art, Hochwürden, Gott, der Sie – so demütig schuf, und mich – so vermessen, dieser – unbegreifliche Gott wird schon seine Gründe dafür haben.

Pfarrer *sieht ihn lang an; dann, mit einem plötzlichen Entschluß streckt er ihm die Hand entgegen.*

Bernhardi. *(zögernd, ganz wenig lächelnd)*. Über – den Abgrund, Hochwürden?

Pfarrer. Lassen Sie uns – nicht hinabschauen – für einen Augenblick!

Bernhardi. *reicht ihm die Hand.*

Pfarrer. Leben Sie wohl, Herr Professor! – *(Er geht.) (Bernhardi allein, eine Weile wie unentschlossen, sinnend, gefaltete Stirn, die sich wieder glättet, Bewegung, wie wenn er etwas von sich abschüttelte, dann schiebt er die Portiere zurück und öffnet die Türe. Man sieht die andern bei Tisch sitzen, zum Teil schon stehen und rauchen.)*

Cyprian. Endlich!

Adler. Wir halten schon bei der Zigarre.

Cyprian *(aus dem Zimmer tretend, zu Bernhardi kommend)*. Was hat's gegeben? Heute – so spät noch ein Patient?

Bernhardi. – Das ist schwer zu beantworten.

Oskar *(auch aus dem Zimmer kommend)*. Da sind ein paar Telegramme für dich gekommen, Papa.

Bernhardi. *(öffnet eines)*. Ah, das ist nett.

Cyprian. Darf man wissen?

Bernhardi. Ein einstiger Patient, der mich seiner Sympathie versichert. Ein armer Teufel, der ein paar Wochen bei uns im Elisabethinum gelegen ist.

Goldenthal. Darf man sehen? Florian Ebeseder?

Löwenstein. Ebeseder? Florian? Das scheint ja ein Christ zu sein.

Pflugfelder *(ihn an der Schulter berührend)*. Kommt vor!

Bernhardi. *(ein anderes Telegramm öffnend)*. O Gott! *(Zu Cyprian.)* Da, sieh einmal.

Adler. Vorlesen, vorlesen!

Cyprian *(liest)*. „Wir versichern den mannhaften Kämpfer für Freiheit und Aufklärung unserer herzlichsten Verehrung und Teilnahme und bitten ihn zu glauben, daß er uns im Kampf gegen die Dunkelmänner stets an seiner Seite finden wird. Doktor Reiß, Walter König –"

Bernhardi. Namen, die ich gar nicht kenne.

Goldenthal. Das ist eine höchst erfreuliche Kundgebung. Es ist anzunehmen, daß sie nicht vereinzelt bleiben wird.

Bernhardi. Und dagegen kann man nichts machen?

Goldenthal *(lachend)*. Wie? Das fehlte noch, daß man dagegen –

Oskar. Papa, willst du dich nicht endlich zu Tisch setzen?

Diener *bringt eine Karte*.

Bernhardi. Was gibt's denn schon wieder?

Oskar *(liest)*. Der Vorstand des Vereines der Brigittenauer Freidenker.

Bernhardi. Die Freidenker aus der Brigittenau –? Ich bin nicht zu Hause. Bitte sagen Sie das den Herren.

Goldenthal. Aber warum denn?

Bernhardi. Ich bin schon im Kerker – Ich bin hingerichtet. *(Geht ins Speisezimmer, ebenso die andern außer Goldenthal und Löwenstein. Dann Doktor Kulka.)*

Goldenthal *(zum Diener, den er noch bei der Türe erwischt)*. Sagen Sie den Herren, der Herr Professor sei jetzt etwas abgespannt, es wird ihm aber – Wann hat der Professor Ordination?

Diener. Von zwei Uhr an.

Goldenthal. Also, es wird dem Herrn Professor morgen um dreiviertel zwei ein Vergnügen sein, die Herren zu empfangen.

Diener *ab*.

Löwenstein. Ein Vergnügen? Sind Sie davon überzeugt?

Goldenthal. Überlassen Sie es doch mir, die Interessen meines Klienten zu wahren.

Löwenstein *achselzuckend ins Speisezimmer*.

Diener *kommt mit Karte*.

Goldenthal *(wendet sich um)*. Was gibt's denn? Lassen Sie sehen. Oh!

Diener. Der Herr will sich nicht abweisen lassen.

Goldenthal. Führen Sie den Herrn nur herein.

Diener *ab*.

Goldenthal *räuspert sich, macht sich irgendwie bereit*.

Kulka *(tritt ein)*. Oh, Herr Doktor Goldenthal? – wenn ich nicht irre.

Goldenthal. Der bin ich. Wir kennen uns ja, Herr Doktor Kulka – Sie müssen schon für heute mit mir vorliebnehmen. Der Professor ist etwas müde, wie Sie sich wohl denken können –

Kulka. Müde? – Hm – Da werde ich wohl noch einmal – Ich könnte vor meinem Chef nicht verantworten –

Goldenthal. Aber Sie hören doch, Herr Doktor –

Kulka. Ja, freilich höre ich. Ich verstehe auch, aber was hilft mir das? Wenn ich den Herrn Professor nicht persönlich sprechen kann, vor meinem Chef hab doch nur ich die Schuld.

Goldenthal. Vielleicht bin ich in der Lage, Ihnen Rede zu stehen.

Kulka *(zögernd)*. Wenn Sie so liebenswürdig sein wollen – Darf ich vielleicht fragen, Herr Doktor, ob es richtig ist, daß Herr Professor Bernhardi keine Nichtigkeitsbeschwerde einzubringen gedenkt?

Goldenthal. Wir haben uns der Form wegen Bedenkzeit vorbehalten.

Kulka *hat ein Notizbuch herausgenommen.*

Goldenthal *(hiervon beeinflußt, in rednerischem Ton)*. Denn, wenn es uns auch fernliegt, in die Gesetzeskenntnis und die Weisheit österreichischer Richter den geringsten Zweifel zu setzen, oder gar dem gesunden Sinn der Wiener Bürger auf der Geschworenenbank Mißtrauen entgegenzubringen, so können wir uns doch der Vermutung nicht verschließen, daß die faktiöse Haltung einer gewissen, hier nicht näher zu bezeichnenden Presse geeignet schien, den Boden für einen Rechtsirrtum vorzubereiten und –

Bernhardi *kommt herein.*

Kulka. Oh, Herr Professor.

Bernhardi. Was ist denn das?

Goldenthal. Ich war so frei, Herr Professor, da Sie ja nicht gestört sein wollten, – und glaube ganz in Ihrem Sinne –

Bernhardi. Mit wem habe ich denn das Vergnügen?

Kulka. Kulka von den „Neuesten Nachrichten". Mein Chef, der die Ehre hat, persönlich von Ihnen gekannt zu sein, läßt sich bestens empfehlen und –

Goldenthal. Es sind Gerüchte verbreitet, denen man am besten gleich entgegentreten sollte.

Kulka. Es heißt nämlich, daß Herr Professor auf jedes Rechtsmittel verzichten –

Goldenthal. Ich habe den Herrn Doktor schon aufgeklärt, daß wir uns Bedenkzeit vorbehalten haben.

Bernhardi. Das stimmt. *(Allmählich kommen aus dem Nebenzimmer Löwenstein, Cyprian, Adler, Kurt, Oskar.)*

Kulka. Für diese Aufklärung bin ich sehr dankbar. Aber nun, Herr Professor, habe ich Ihnen noch eine spezielle Bitte meines Chefs vorzutragen. Herr Professor haben heute im Laufe der Verhandlung die Vorladung des Unterrichtsministers beantragt. Es geht daraus zur Evidenz hervor, daß in dieser Angelegenheit noch Momente mitspielen, die im Laufe des Prozesses nicht zur Sprache gekommen sind oder nicht kommen durften. Mein Chef würde sich nun eine besondere Ehre daraus machen, Herr Professor, Ihnen die Spalten unseres Blattes zur Verfügung zu stellen –

Bernhardi. *(abwehrend)*. Danke, danke.

Kulka. Es ist Ihnen gewiß nicht unbekannt, Herr Professor, daß unser Blatt, wenn es auch Seiner Exzellenz im Beginn seiner Amtstätigkeit mit dem größten Vertrauen entgegenkam, sich neuerdings genötigt sah, gegen gewisse überraschende fortschrittsfeindliche, ja geradezu reaktionäre Maßnahmen des Ministers in energischer Weise Front zu machen, wobei stets jene maßvolle Form gewahrt wurde, die uns seit jeher als die Vorbedingung eines gedeihlichen Wirkens auch auf politischem Gebiete erschienen ist. Und so wäre es uns höchst willkommen in unserm Kampf für Fortschritt und Freiheit, einen Mann wie Sie an unserer Seite zu wissen, dessen durch Geschmack gezügelte Leidenschaft uns die Gewähr bietet, einen Bundesgenossen –

Bernhardi. Verzeihen Sie, ich bin kein Bundesgenosse.

Kulka. Aber wir sind die Ihren, Herr Professor.

Bernhardi. Das kommt Ihnen heute so vor. Meine Angelegenheit ist eine rein persönliche.

Löwenstein. Aber –

Kulka. Manche persönliche Affären tragen eben den Keim von politischen in sich. Die Ihrige –

Bernhardi. Das ist ein Zufall, für den ich keine Verantwortung übernehme. Ich gehöre keiner Partei an und wünsche von keiner als der ihrige in Anspruch genommen zu werden.

Kulka. Herr Professor werden nicht vermeiden können –

Bernhardi. Ich will nichts dazu tun. Wer für mich eintritt, tut es auf seine eigene Gefahr. *(Immer leicht und jetzt mit dem ihm eigenen ironischen Lächeln.)* So wie ich heute beschuldigt wurde, die katholische Religion gestört zu haben, könnte es mir nächstens passieren, als Feind einer andern, Ihnen vielleicht näherstehenden, verdächtigt zu werden –

Kulka. Ich bin konfessionslos, Herr Professor. Wir sind es alle, wenigstens innerlich. Unser Standpunkt, der Standpunkt unseres Blattes, wie männiglich bekannt, ist derjenige der absoluten Gewissensfreiheit. Wie sagt Friedrich? – Jeder soll nach seiner Fasson selig werden.

Bernhardi. Also, dann bitte ich Sie auch bei mir nach diesem Grundsatz zu handeln. Danken Sie Ihrem Herrn Chef für seine freundliche Einladung, es wäre einfach ein Mißbrauch seines Vertrauens, eine Art Falschmeldung, wenn ich ihr folgte.

Kulka. Ist das wirklich Ihr letztes Wort, Herr Professor?

Bernhardi. Die unterscheiden sich selten von meinen ersten.

Kulka. Mein Chef wird unendlich bedauern – ich weiß wirklich nicht – Aber bitte, Herr Professor, falls Sie sich doch noch entschließen sollten, Ihren Gefühlen gegenüber Seiner Exzellenz publizistischen Ausdruck zu verleihen, können wir wenigstens darauf rechnen, daß kein anderes Blatt –

Bernhardi. Sie können sich darauf verlassen, daß ich mich, was immer ich unternehmen sollte, nicht in den Schutz irgendeiner Zeitung zu stellen gedenke. Meine beste Empfehlung Ihrem Herrn Chef.

Kulka. Ich danke, Herr Professor. Ich habe die Ehre, meine Herren.

(Ab. Kleine unbehagliche Pause.)

Cyprian. Notwendig war das nun gerade nicht.

Goldenthal. Ich muß eigentlich auch sagen, Herr Professor –

Bernhardi. Ja, verstehen Sie denn noch immer nicht, meine Herren, daß ich mit den Leuten absolut nichts zu tun haben will, die eine politische Affäre aus meiner Angelegenheit machen wollen.

Löwenstein. Aber es ist doch nun einmal eine.

Goldenthal. Gewiß, wie die Dinge sich gestaltet haben, stehen Sie mitten im politischen Kampf. Und eigentlich müßten wir es begrüßen –

Bernhardi. Ich bitte, lieber Herr Doktor, begrüßen Sie nichts! Ich führe keinen politischen Kampf. Das lächerliche Kriegsgeschrei, das sich von einigen Seiten erheben will, wird mich nicht zu einer Rolle verführen, die mir nicht behagt, zu der ich mich gar nicht tauglich fühle, weil es eben nur eine Rolle wäre. Und was die Bedenkzeit anbelangt, Herr Doktor, ich bitte Sie hiermit, sie als abgelaufen zu betrachten.

Goldenthal. Ich verstehe nicht –

Bernhardi. Ich wünsche meine Strafe anzutreten, und zwar so bald als möglich. Am liebsten morgen.

Cyprian. Aber –

Bernhardi. Ich will die Sache hinter mir haben. Das ist das Einzige, worauf es mir jetzt ankommt. Diese ganzen letzten Monate waren für meine Arbeit, meinen Beruf schon so gut wie verloren. Nichts als Konferenzen und Vernehmungen. Und was ist dabei herausgekommen? Als Rechtsfall war die Sache schon unerquicklich genug; nun soll sie gar ein Politikum werden, davor flücht' ich mich, und wär' es ins Gefängnis. Meine Sache ist es, Leute gesund zu machen, – oder ihnen wenigstens einzureden, daß ich es kann. Dazu will ich so bald wieder Gelegenheit haben, als es nur angeht.

Löwenstein. Und deine Rache?

Bernhardi. Wer spricht von Rache?

Löwenstein. Nun, Flint, Ebenwald. Die Herren willst du so einfach laufen lassen?

Bernhardi. Keine Rache soll es werden, – eine Abrechnung. Auch dazu wird es kommen. Aber es soll doch nicht plötzlich mein Lebensinhalt sein, mich mit diesen Leuten herumzuraufen. Das will ich nebstbei erledigen. Aber keine Angst. Geschenkt wird ihnen nichts bleiben.

Cyprian. Ob du nun die Sache politisch oder juridisch oder ganz privatim weiterführen willst, ich bleibe dabei, es war nicht notwendig, diesem Herrn Kulka gewissermaßen die Türe zu weisen.

Goldenthal. Auch ich möchte nochmals betonen, daß die Freundschaft des Blattes, als dessen Vertreter Herr Kulka hier erschien –

Bernhardi. *(ihn unterbrechend)*. Verehrter Herr Doktor, seine Feinde muß man nehmen, wie und wo man sie findet; meine Freunde kann ich mir aussuchen – glücklicherweise –

Vorhang

Fünfter Akt

Ein Kanzleiraum im Ministerium. Entsprechend eingerichtet, nicht ganz ohne Behaglichkeit.

Hofrat Winkler, etwa 45, jünger aussehend, schlank, frisches Gesicht, kleiner Schnurrbart, kurzes blondes graumeliertes Haar, blitzende blaue Augen, allein, mit Akten beschäftigt. Er steht eben auf und ordnet die Akten in einen Schrank ein. Telephonzeichen.

Hofrat *(an den Tisch zurück, ins Telephon).* Hier kaiserlich und königliches Ministerium für Kultus und Unterricht. – Nein. Hofrat Winkler. Oh, Herr Professor Ebenwald. – Er ist noch nicht da. – Vielleicht in einer halben Stunde. – Ins Parlament begibt sich Seine Exzellenz gewiß nicht vor halb zwei. – Ja, darüber bin ich leider nicht in der Lage Auskunft zu geben, jedenfalls nicht auf telephonischem Wege. – Wird mir ein Vergnügen sein. Habe die Ehre, Herr Professor. *(Klingelt ab; fährt in seiner früheren Beschäftigung fort.)*

Amtsdiener *tritt ein, bringt die Post und eine Visitenkarte.*

Hofrat. Doktor Kulka?

Diener. Möchte aber Seine Exzellenz persönlich sprechen.

Hofrat. Soll halt später wiederkommen.

Diener. Es waren auch schon früher zwei Herren von Zeitungen da. Die kommen auch wieder.

Hofrat. Also, die Herren von der Zeitung brauchen Sie überhaupt nicht bei mir zu melden. Die wollen ja alle Seine Exzellenz persönlich sprechen.

Diener *ab.*

(Wieder Telephonzeichen.)

Hofrat. Hier kaiserlich und königliches Ministerium für Kultus und Unterricht. – Hofrat Winkler, ja. – Ah, die Stimm sollt ich ja kennen. Küß die Hand, gnädige Frau. – Heut abend? – Ja, wenn's mir möglich ist, gern. – Gar nix sag ich zu den Wahlen. – Nein. – Weil ich das nicht mag, daß sich schöne Frauen auch schon mit Politik beschäftigen. – Von Politik versteht keine was. – Bis dahin haben Sie noch mindestens zwanzig Jahre Zeit, gnädige Frau. – Also auf Wiedersehen, gnädige Frau. Schöne Empfehlungen dem Herrn Gemahl. *(Klingelt ab.)*

Amtsdiener *mit einer Karte.*

Hofrat. Schon wieder einer? Ah, Doktor Feuermann. – Also, ich lasse bitten. *(Diener ab.)*

Doktor Feuermann tritt ein.

Feuermann *verbeugt sich tief.*

Hofrat. Habe die Ehre, Herr Doktor. – Was verschafft uns denn das Vergnügen?

Feuermann. Ich komme in einer sehr ernsten Angelegenheit, Herr Hofrat.

Hofrat. Oh, Herr Doktor, hoffentlich nicht wieder ein Malheur passiert, nachdem kaum erst, dank der Einsicht der braven Bürger von Oberhollabrunn –

Feuermann. Allerdings, Herr Hofrat, hat man mich freigesprochen. Aber was hilft es mir? Kein Patient läßt sich mehr sehen. Wenn ich als Bezirksarzt in Oberhollabrunn bleiben soll, müßt ich einfach verhungern. Daher bin ich so frei, um meine Versetzung anzusuchen und – *(Telephonzeichen.)*

Hofrat. Entschuldigen Sie, Herr Doktor. *(Ins Telephon.)* Jawohl. Hofrat Winkler. – Oh, Herr Sektionsrat. – Wie? Was? *(Sehr erstaunt.)* Aber gehen Sie! – Im Ernst? Die Schwester Ludmilla? Das wäre ein merkwürdiges Zusammentreffen. – Na, weil er ja heute herauskommt. – Natürlich der Professor Bernhardi. – Heute, ja. – Sie kommen selbst? –

Ja. – Nein, hören Sie. – Selbstverständlich sage ich Seiner Exzellenz vorläufig nichts, wenn Sie's wünschen. – Habe die Ehre! – *(Klingel. – Zuerst sehr bewegt, dann zu Feuermann.)* Also, bitte.

Feuermann. Und wollte mir besonders Ihre Unterstützung erbitten, Herr Hofrat, – der Sie immer –

Flint tritt ein. Feuermann, Hofrat.

Flint. Guten Tag, Herr Hofrat. *(Bemerkt Feuermann.)* Ah –

Feuermann *(sich tief verbeugend)*. Exzellenz, mein Name ist Doktor Feuermann.

Flint. Ah natürlich. – Ich habe ja schon – Von der Montagszeitung? – – –

Hofrat *(leise)*. Zufällig kein Journalist, Exzellenz. – Herr Doktor Feuermann aus Oberhollabrunn.

Flint. Ach ja, – Doktor Feuermann.

Hofrat *(wie oben)*. Der wegen eines sogenannten Kunstfehlers angeklagt war und freigesprochen wurde.

Flint. Aber ich weiß ja. Professor Filitz hat ein lichtvolles Gutachten abgegeben. Zehn Stimmen gegen zwei. –

Feuermann. Neun gegen –

Hofrat *winkt ihm ab.*

Flint. Ich gratuliere Ihnen, lieber Herr Doktor Feuermann.

Feuermann. Ich bin sehr gerührt, Exzellenz, daß Exzellenz sich für meine geringfügige Angelegenheit –

Flint. Es gibt für mich keine geringfügige Angelegenheit. Es darf für unsereinen gar keine geben. In einem höheren Sinn ist alles gleich wichtig. *(Er schaut flüchtig, aber Beifall suchend zum Hofrat.)* Und es wird Ihnen vielleicht eine gewisse Genugtuung gewähren, wenn Sie erfahren, daß nicht zum geringsten unter dem Eindruck Ihrer „geringfügigen" Affäre eine gründliche Reform der medizinischen

Studienordnung in Erwägung gezogen wird. Hoffentlich wird es möglich sein, diese auf Verordnungswege durchzuführen. Überhaupt, wenn man nicht immer erst das Parlament fragen müßte – *(Blick zum Hofrat)* wie einfach ließe sich regieren.

Hofrat. Jedenfalls g'schwinder, und das ist doch die Hauptsache.

Feuermann. Ich war so frei, Exzellenz –

Hofrat. Ich nehme an, Sie haben alles in Ihrem Gesuche angeführt, Herr Doktor.

Feuermann. Ich möchte nur noch erwähnen –

Hofrat. Das steht ja wahrscheinlich auch drin –

Feuermann. Jawohl.

Hofrat. Also, geben Sie's nur her, Herr Doktor, wird so rasch als möglich erledigt werden. Habe die Ehre, Herr Doktor.

Flint *(der indes vom Diener einige Zeitungen bekommen hat)*. Guten Tag, Herr Doktor. *(Reicht ihm die Hand, Feuermann geht. Flint, Hofrat.)*

Flint *(über eine Zeitung)*. Was will er denn eigentlich?

Hofrat. Gesuch um Versetzung, Exzellenz. Der arme Teufel wird natürlich in Oberhollabrunn boykottiert trotz des Freispruches –

Flint. Na ja, Sie ließen sich wahrscheinlich auch nicht von ihm behandeln.

Hofrat. Keineswegs, wenn ich ein Kind kriegen sollte.

Flint *(Zeitung ärgerlich hinwerfend)*. Was gibt es sonst Neues?

Hofrat. Professor Ebenwald hat telephoniert. Er wird im Laufe des Vormittags vorsprechen.

Flint. Schon wieder? Er war doch erst vorgestern da.

Hofrat. Sie brauchen halt dringend Geld im Elisabethinum. Die Schulden wachsen ihnen über den Kopf.

Flint. Das Kuratorium hat doch seine Demission zurückgezogen nach Bernhardis Entfernung.

Hofrat. Ja. Es zeigt sich eben, daß der einzige, der das Kuratorium ein bisserl aufgemischt hat, der Bernhardi war. Seither schlafen sie alle. Sogar ich.

Flint. Eine Subvention müssen sie bekommen. Das habe ich schon seinerzeit dem Bernhardi versprochen.

Hofrat. Wir haben diesmal einen riesigen Voranschlag, mehr als dreitausend drücken wir nicht heraus, Exzellenz. Der Finanzminister ist schon so bös auf uns. Ich bin noch nicht einmal sicher, ob wir das Geld für den Neubau des physiologischen Institutes kriegen werden. Und das ist ja doch noch –

Flint. Wenn wir's im Budgetausschuß nicht durchsetzen – und noch einiges andere, so verlange ich im Parlament einen Separatkredit.

Hofrat. Oh!

Flint. Man wird ihn mir nicht verweigern. Die Liberalen und die Sozialdemokraten können es doch nicht tun, die schnitten sich ja ins eigene Fleisch, wenn sie plötzlich beim Bau wissenschaftlicher Institute von der Regierung Sparsamkeit fordern würden. Und was die Herren Christlichsozialen anbelangt, so habe ich wohl ein Recht, von ihnen zu erwarten, daß sie mir keine Unannehmlichkeiten bereiten. Finden Sie nicht?

Hofrat. Die Herrschaften hätten zum mindesten alle Ursache, Exzellenz dankbar zu sein.

Flint. Der Hieb sitzt nicht, lieber Hofrat. Nicht auf Dankbarkeit kommt es an im öffentlichen Leben, sondern auf korrekte Buchführung. Warten Sie die Bilanz ab. – Im übrigen muß ich Ihnen ja noch zu den gestrigen Landtagswahlen gratulieren. Zehn neue sozialdemokratische Mandate, das war nicht vorauszusehen.

Hofrat. Exzellenz, ich werde erst nach den Parlamentswahlen in der Lage sein, Glückwünsche entgegenzunehmen.

Flint. Die Parlamentswahlen dürften anders ausfallen. Übrigens waren die Majoritäten auch gestern nicht überwältigend. Also triumphieren Sie nicht zu früh, mein verehrter Herr Anarchist.

Hofrat. Exzellenz lassen mich aber geschwind avancieren. Eben erst wurde ich durch den Titel eines Sozialdemokraten ausgezeichnet.

Flint. Kein so großer Unterschied.

Hofrat. Im übrigen will auch ich nicht versäumen, zu der gestrigen Rede meinen Glückwunsch abzustatten.

Flint. Rede? – Ich bitte Sie, die paar improvisierten Worte. Aber sie haben gewirkt.

Hofrat. Wird allgemein konstatiert. *(Auf die Zeitungen weisend.)*

Flint. Jedenfalls, Herr Hofrat, zeugt es von rühmenswerter Objektivität, daß auch Sie sich den Gratulanten anschließen. Vor Ihnen hab ich ja geradezu Angst gehabt.

Hofrat. Zu schmeichelhaft, Exzellenz.

Flint. Denn daß Sie, lieber Hofrat, für eine Vermehrung der Religionsstunden eingenommen sein sollten, war mir vorerst unwahrscheinlich.

Hofrat. Und Exzellenz selbst?

Flint. Mein lieber Hofrat, wie ich privat zu diesen und anderen Fragen stehe, das ist ein Extrakapitel. So glattweg seine Ansichten daherplappern, das ist die Art politischer Dilettanten. Der Brustton der Überzeugung gibt einen hohlen Klang. Was wirkt, auch in der Politik, ist der Kontrapunkt.

Hofrat. Bis einer kommt, Exzellenz, dem wieder einmal eine Melodie einfällt.

Flint. Ganz fein. Aber um aus unserm metaphorischen Dialog wieder ins Reale hinabzusteigen, glauben Sie denn wirklich, lieber Hofrat, daß das Volk heute reif ist, oder jemals reif sein wird, ohne Religion zu existieren?

Hofrat. Was ich unter Religion verstehe, Exzellenz, kann man in jeder andern Stunde besser lernen, als in der sogenannten Religionsstunde.

Flint. Na, sind Sie ein Anarchist, lieber Hofrat, oder nicht?

Hofrat. Ja, es scheint, Exzellenz, – als Beamter, da hat man nur die Wahl – Anarchist oder Trottel. –

Flint *(lachend)*. Na, einige Zwischenstufen werden Sie doch konzedieren. Aber glauben Sie mir, lieber Hofrat, der Anarchismus ist ein unfruchtbarer Seelenzustand.

Ich habe auch einmal so ein Stadium durchgemacht. Das ist überwunden. Jetzt läßt sich meine Weltanschauung in einem Wort ausdrücken, mein lieber Hofrat: Arbeiten, Leisten! Alles übrige tritt dieser gebieterischen Forderung gegenüber in den Hintergrund. Und da ich, wie Ihnen nicht unbekannt ist, allerlei vorhabe, wobei ich die Mitwirkung des Parlamentes nicht entbehren kann, leider, so bin ich eben genötigt, was man so nennt, Konzessionen zu machen. Auch die Anarchisten machen Konzessionen, lieber Hofrat, sonst könnten sie nicht Hofräte werden. *(Ernster.)* Aber Sie irren sich, wenn Sie glauben, daß es immer eine leichte Sache ist, Konzessionen zu machen. Oder meinen Sie, lieber Hofrat, es hat für mich kein Opfer bedeutet, diesen Leuten meinen alten Freund Bernhardi in den Rachen zu werfen? Und doch, es war notwendig. Die Zusammenhänge werden einmal klar werden. Es ist alles aufbewahrt. Und sollte einmal die Zeit kommen, wo ich gewisse Leute von meinen Rockschößen abschütteln werde, na, ich will nichts weiter sagen, – aber man wird einmal begreifen, daß ich nicht ein Minister für Kultus und Konkordat bin, wie mich heute irgendein Reporter in einem sogenannten Leitartikel zu nennen beliebt.

Hofrat. Ah!

Flint. Doch ganz nach Ihrem Herzen, was? Dabei ist es nicht einmal von ihm. Das Wort stammt von dem biedern Pflugfelder, der es neulich in einer dieser höchst überflüssigen Wählerversammlungen lanciert hat, wo er es notwendig fand, die Affäre Bernhardi aufzurollen. Ich finde überhaupt, lieber Hofrat, die Regierungsvertreter haben es in einigen dieser Versammlungen an der nötigen Energie fehlen lassen.

Hofrat. Aber die Versammlung, Exzellenz, in der Pflugfelder gesprochen hat, ist ja aufgelöst worden, mehr kann man doch nicht verlangen.

Flint. Aber wann? Erst als Pflugfelder den Erzbischof angriff, weil der den Pfarrer, der für Bernhardi so günstig ausgesagt hat, irgendwohin an die polnische Grenze versetzte.

Hofrat. Ja, die Erzbischöfe genießen natürlich eines höheren Schutzes bei der Regierung als die Minister.

Flint. Überhaupt diese Affäre Bernhardi! Es scheint, die Leute wollen sie nicht zur Ruhe kommen lassen. Es war ein absolut perfider Artikel, der neulich in der „Arbeit“ erschienen ist, in Ihrem Leiborgan, Herr Hofrat.

Hofrat. Er war nicht schlecht geschrieben. Aber ich hab kein Leiborgan. Ich bin gegen alle Zeitungen.

Flint. Und ich erst! Und jetzt fangen gar die liberalen Blätter an, die sich doch bisher zurückgehalten haben, Bernhardi als eine Art Märtyrer hinzustellen, als ein politisches Opfer klerikaler Umtriebe, als eine Art medizinischen Dreyfus. Haben Sie heute den Artikel in den „Neuesten Nachrichten“ gelesen? Ein förmlicher Festgruß an Bernhardi, anläßlich seiner Haftentlassung. Es ist wirklich stark.

Hofrat. Bernhardi ist jedenfalls unschuldig daran.

Flint. Nicht so ganz. Er behagt sich offenbar in seiner Rolle. Daß ihm nahegelegt wurde, schon in der dritten Woche seiner Haft ein Gnadengesuch an Seine Majestät zu richten, das wahrscheinlich nicht abschlägig beschieden worden wäre, dürfte Ihnen auch bekannt sein, da Sie ja die Güte hatten, diese Mission bei ihm zu übernehmen.

Hofrat. Exzellenz wissen ja, ich hab ihm zugeredet. Aber es hat mir doch ganz gut gefallen, daß er von Gnade nichts hat wissen wollen.

Flint. Nun, es wäre bedauerlich, wenn er sich von seinen Freunden noch weiter in eine Sache hineinhetzen ließe, in der er doch immer den kürzeren ziehen müßte. Denn ich bin keineswegs geneigt, – und der Justizminister, mit dem ich gestern über die Sache gesprochen habe, steht durchaus auf meiner Seite –, gewissen Umtrieben noch weiter ruhig zuzusehen. Wir stehen vor einer Res judicata und sind entschlossen, erforderlichenfalls ohne jede Rücksicht vorzugehen. Und, wenn das notwendig werden müßte, es täte mir leid um Bernhardis willen. Denn so unklug er sich auch bisher benommen hat, und so viele Unannehmlichkeiten er mir auch schon bereitet hat, da drin – *(auf sein Herz deutend)* steckt noch immer eine gewisse Sympathie für ihn. So was, scheint's, wird man nie ganz los.

Hofrat. Ja, Jugendfreundschaften –

Flint. Freilich, das ist's. Aber unsereiner sollte von derlei Sentimentalitäten ganz frei sein. Was hat es am Ende mit der ganzen Angelegenheit zu tun, daß wir vor fünfundzwanzig Jahren gemeinsam Assistenten bei Rappenweiler waren? Daß wir im Garten des Krankenhauses miteinander spazierengegangen sind und einander unsere Zukunftspläne anvertraut haben? Man sollte keine Erinnerungen haben in unserer Stellung, kein Herz womöglich; über Leichen müßten wir gehen – ja, lieber Hofrat.

Diener *tritt ein, bringt eine Karte.*

Hofrat. Professor Ebenwald.

Flint. Lasse bitten.

Diener *ab.*

Flint. Wieviel, haben Sie gesagt, könnten wir für das Elisabethinum verlangen?

Hofrat. Dreitausend. –

Ebenwald *tritt ein.*

Ebenwald, Flint, Hofrat.

Ebenwald *verbeugt sich.*

Flint. Guten Morgen, lieber Herr Professor. Oder Herr Direktor vielmehr.

Ebenwald. Noch nicht, Exzellenz, nur stellvertretend. Es ist keineswegs unmöglich, daß Herr Professor Bernhardi in den nächsten Tagen wiedergewählt wird. Er ist ja nur suspendiert.

Hofrat. Mit dieser Wiederwahl würde es hapern. Denn nach dem augenblicklichen Stand der Dinge ist Bernhardi weder Professor noch Doktor.

Ebenwald. Nun ist es ja zweifellos, daß ihm die Rechtsfolgen seiner Strafe bald nachgesehen werden. Dank den Bemühungen einiger Freunde und einer gewissen Presse scheint sich ja ein Umschwung in der Stimmung vorzubereiten. Exzellenz wissen doch wohl auch schon, daß er soeben im Triumphe aus dem Kerker nach Hause geleitet worden ist.

Flint. Wie?

Ebenwald. Ja, meine Hörer haben es mir eben erzählt.

Flint. Im Triumph, was heißt das?

Ebenwald. Nun, eine Anzahl von Studenten soll ihn an der Kerkerpforte mit Hochrufen begrüßt haben.

Flint. Jetzt fehlt nur noch der Fackelzug.

Hofrat. Wenn Exzellenz vielleicht wünschen, daß dahin gehende Weisungen erteilt werden –

Ebenwald. Wenn ich mir eine Bemerkung erlauben darf, ich halte es für sehr wahrscheinlich, daß diese Demonstrationen mit dem Ausfall der gestrigen Wahlen in Zusammenhang stehen.

Flint. Glauben Sie? Es wäre nicht unmöglich. Ja, ja, sehen Sie, lieber Hofrat, man soll das nicht unterschätzen. Womit ich nicht sagen will, daß ich diesen Demonstrationen eine besondere Bedeutung beimessen möchte. Es werden Zionisten gewesen sein.

Ebenwald. Haben ja bei uns auch schon eine gewisse Macht.

Flint. Na. – *(Ablenkend.)* Sie kommen in Angelegenheit der Subvention, lieber Professor?

Ebenwald. Jawohl, Exzellenz.

Flint. Wir werden Ihnen leider nur einen Bruchteil der von Ihnen erwarteten Summe zur Verfügung stellen können. Aber dafür kann ich Ihnen die Mitteilung machen, daß die Verstaatlichung Ihres Institutes in ernste Erwägung gezogen wird.

Ebenwald. Exzellenz wissen ja so gut wie ich, ein wie weiter Weg leider noch von Erwägungen bis zu Entschlüssen zurückzulegen ist.

Flint. Sehr wahr, lieber Professor. Aber Sie dürfen nicht vergessen, daß wir uns hier nicht nur mit dem Elisabethinum und nicht nur mit der medizinischen Fakultät, sondern mit dem ganzen ungeheuren Gebiet des Kultus und Konkor – und Unterrichts zu befassen haben.

Ebenwald. Und wir Mitglieder des Elisabethinums wagen eben zu hoffen, daß Exzellenz, selbst aus unserm Stande hervorgegangen, überdies als akademischer Lehrer eine Zierde unserer Fakultät, gerade dem unter dem früheren Minister so arg vernachlässigten Zweig des medizinischen Unterrichts besondere Förderung würden angedeihen lassen.

Flint *(zum Hofrat)*. Dieser Mann weiß mich an meiner schwachen Seite zu packen. Lieber Professor, daß ich Arzt und Lehrer bin, habe ich nicht vergessen. Nämlich, alles kann man aufhören zu sein, Arzt – nie. Und soll ich Ihnen was sagen, lieber Professor, aber verraten Sie's nicht, sonst würde man es im Parlament gegen mich ausnützen, ich hab manchmal eine Art Heimweh nach dem Laboratorium und nach dem Krankensaal.

Es ist ein ruhigeres und schöneres Arbeiten, ich kann Sie versichern. Und wenn man etwas leistet, so merken's die andern. Eine Tätigkeit wie die unsere, die des Politikers meine ich, deren Resultate manchmal erst einer späteren Generation offenbar werden –

Diener *bringt wieder eine Karte.*

Hofrat. Professor Tugendvetter.

Flint. Den überlasse ich Ihnen, lieber Hofrat. Bitte, Herr Professor – *(Flint und Ebenwald ab.)*

Tugendvetter, Hofrat.

Tugendvetter. Habe die Ehre, Herr Hofrat. Ich will nicht lange stören. Wenn muntre Reden sie begleiten, so fließt die Arbeit munter fort – wie? Also, ich erlaube mir wieder einmal anzufragen, wie denn eigentlich meine Angelegenheit steht.

Hofrat. Sie ist auf dem besten Wege, Herr Professor.

Tugendvetter. Ich brauche Ihnen nicht erst zu sagen, Herr Hofrat, daß mir persönlich an dem Titel nicht viel läge. Aber, Herr Hofrat, Sie wissen ja, wie die Frauen sind. –

Hofrat. Woher soll ich das wissen, Herr Professor?

Tugendvetter. Ach ja. Einsam bin ich, nicht allein – wie? Also, wir sind ja hier unter uns. Meine Frau ist wie verrückt auf den Hofratstitel. Sie kann es gar nicht mehr erwarten. Und wenn es zu ermöglichen wäre, daß die Ernennung schon vor dem ersten Juni erfolgte – das ist nämlich der Geburtstag meiner Gattin. Ich möcht ihr gern meinen Hofratstitel als Angebinde bringen.

Hofrat. Jedenfalls ein praktisches und billiges Geburtstagsgeschenk.

Tugendvetter. Also, wenn Sie etwas für die Beschleunigung meiner Angelegenheit tun könnten, Herr Hofrat –

Hofrat *(im forcierten Beamtenton).* Das Unterrichtsministerium ist leider nicht in der Lage, bei Verleihung von Titeln auf private

Beziehungen, insonderheit auf Familienverhältnisse der Herren Professoren irgendeine Rücksicht zu nehmen, sofern eine solche nicht etwa durch spezielle Bestimmungen gewährleistet worden wäre.

Diener *bringt eine Karte.*

Hofrat *(erstaunt).* Ah.

Diener. Der Herr möchte Seine Exzellenz persönlich sprechen.

Hofrat. Es wird gewiß kein Hindernis obwalten, aber es soll mir ein besonderes Vergnügen sein, den Herrn Professor vorher in meinem Bureau zu begrüßen.

Diener *ab.*

Tugendvetter. Ich störe wohl.

Hofrat. Es ist ein guter Bekannter.

Bernhardi *tritt ein.*

Hofrat, Tugendvetter, Bernhardi.

Tugendvetter *etwas erstaunt.*

Bernhardi. Oh, Sie sind nicht allein, Herr Hofrat.

Tugendvetter. Bernhardi!

Hofrat *(sehr warm ihm die Hand schüttelnd).* Ich freue mich sehr, Sie wiederzusehen, Herr Professor.

Bernhardi. Auch ich freue mich sehr.

Tugendvetter. Sei mir gegrüßt, Bernhardi. *(Streckt ihm die Hand entgegen.)*

Bernhardi. *(reicht sie ihm kühl).* Seine Exzellenz nicht zu sprechen?

Hofrat. Es wird nicht lange dauern. Wollen Sie nicht Platz nehmen, Herr Professor?

Tugendvetter. Du – Du siehst famos aus. Ich – ich – ja weißt du, daß ich total daran vergessen hatte, – seit wann bist du denn eigentlich –

Hofrat *(zu Bernhardi).* Ich muß Sie noch beglückwünschen zu den Ovationen, die Ihnen heute früh dargebracht worden sind.

Tugendvetter. Ova–

Bernhardi. Ah, man ist hier schon informiert. Aber Ovationen, das ist doch ein etwas übertriebener Ausdruck.

Hofrat. Man spricht sogar von einem Fackelzug, der heute abend vor Ihrem Fenster stattfinden soll, – von einer Serenade des Brigittenauer Freidenkervereins.

Tugendvetter. Weißt du, lieber Bernhardi, ich hatte total vergessen, daß deine Kerkerstrafe heute abläuft. Nein, wie rasch eigentlich zwei Monate vergehen.

Bernhardi. Besonders unter freiem Himmel.

Tugendvetter. Aber du siehst wirklich geradezu glänzend aus. Ist's nicht wahr, Herr Hofrat? Wenn er an der Riviera gewesen wäre, könnte er auch nicht besser aussehen. Erholt geradezu.

Hofrat. Vielleicht entschließen sich Herr Professor zu einer kleinen Gotteslästerung, da könnte ich für so einen billigen Erholungsurlaub garantieren.

Tugendvetter *(lachend).* Danke, danke.

Bernhardi. Mir ist es übrigens wirklich nicht übel ergangen. Ein Engel hat über mir gewacht: das schlechte Gewissen der Leute, die mich hineingebracht haben.

Tugendvetter. Ich freue mich, Gelegenheit zu haben, dir zu sagen, daß meine Sympathien in dieser Affäre unentwegt auf deiner Seite waren.

Bernhardi. Hast du endlich Gelegenheit? Das freut mich.

Tugendvetter. Ich hoffe, du hast nie daran gezweifelt, daß ich –

Bernhardi. Wäre es nicht möglich, mich bei Seiner Exzellenz zu melden? Es ist nämlich eine ziemlich dringende Angelegenheit.

Hofrat. Seine Exzellenz wird gewiß gleich erscheinen.

Tugendvetter. Weißt du, was ich neulich gehört habe? Daß du die Absicht hast, eine Geschichte deiner ganzen Affäre zu schreiben.

Bernhardi. So, erzählt man das?

Hofrat. Das könnte ein interessantes Buch werden. Sie haben Gelegenheit gehabt, die Menschen kennenzulernen.

Bernhardi. Die meisten, lieber Hofrat, hat man ja doch schon früher gekannt. Und darüber, daß sich Leute schäbig gegen einen benehmen, den sie nicht mögen, oder weil sie persönlich aus ihrer Haltung einen gewissen Vorteil ziehen, darüber kann man sich doch am Ende nicht wundern. Eine Sorte ist mir ja allerdings immer rätselhaft geblieben –

Tugendvetter. Nämlich?

Bernhardi. Die Leute mit der selbstlosen Gemeinheit, weißt du. Die, die sich gemein benehmen, ohne daß sie den geringsten Vorteil davon haben, nur aus Freude an der Sache sozusagen.

Flint *und* **Ebenwald** *kommen.*

Tugendvetter, Hofrat, Bernhardi, Flint, Ebenwald.

Flint *(rasch gefaßt).* Oh, Bernhardi!

Ebenwald *(auch gleich gefaßt).* Habe die Ehre, Herr Professor.

Bernhardi. Guten Tag. Herr Professor sind wohl in Angelegenheit des Elisabethinums hier?

Ebenwald. Jawohl.

Flint. Es handelt sich um die Subvention. –

Bernhardi. Ich habe mir immer gedacht, daß die Interessen meines Werkes bei Ihnen gut aufgehoben sein werden – für die Dauer meiner Abwesenheit.

Ebenwald. Ich danke für die freundliche Anerkennung, Herr Professor.

Flint *(zu Bernhardi).* Du hast mit mir zu sprechen, Bernhardi?

Bernhardi. Ich werde dich nicht lang in Anspruch nehmen.

Hofrat *(zu Ebenwald und Tugendvetter).* Darf ich die Herren vielleicht bitten. – *(Ab mit den beiden Herren.)*

Bernhardi, Flint.

Flint *(rasch entschlossen).* Ich nehme gern Anlaß, lieber Bernhardi, dir zu deiner Entlassung aus der Haft meinen Glückwunsch abzustatten. In meiner offiziellen Stellung war es mir leider nicht möglich, dich in angemessener Form wissen zu lassen, wie peinlich mich der Ausgang deines Prozesses überrascht hat; – um so mehr wird es mich freuen, dir nun, nachdem die Affäre erledigt ist, in irgendeiner Weise gefällig sein zu können.

Bernhardi. Du bist wirklich sehr liebenswürdig, lieber Flint. Ich komme tatsächlich, dich um eine Gefälligkeit ersuchen.

Flint. Ich höre.

Bernhardi. Die Sache ist nämlich die: Prinz Konstantin ist schwer erkrankt und hat mich rufen lassen.

Flint. So? – Aber ich wüßte nicht –

Bernhardi. Als Arzt rufen lassen. Ich soll wieder seine Behandlung übernehmen.

Flint. Nun ja, was hindert dich daran?

Bernhardi. Was mich daran hindert? Ich will mich nicht eines neuen Vergehens schuldig machen.

Flint. Eines Vergehens?

Bernhardi. Du weißt ja. Es wäre Kurpfuscherei, wenn ich die Behandlung des Prinzen Konstantin wieder übernähme. Da ich mich dazu habe hinreißen lassen, die Religion zu stören und darum verurteilt worden bin, habe ich ja mein Diplom und damit das Recht zur Ausübung der ärztlichen Praxis verloren. Und daher bin ich so frei, hier persönlich mein Gesuch um Nachsicht der Rechtsfolgen meiner Strafe zu überbringen. Ich komme zu dir, meinem alten Freunde, der, wie sich ja schon in andern Fällen gezeigt hat, in der Lage ist, auf die Entschlüsse des Justizministers einigen Einfluß zu nehmen, und bitte zugleich um tunlichste Beschleunigung, um, für den Fall, daß mein Gesuch bewilligt würde, den Prinzen nicht lange warten zu lassen.

Flint. Ach so. Ach so. Du kommst her, um dich über mich lustig zu machen.

Bernhardi. Wieso denn? Ich gehe nur korrekt vor. Ich habe absolut keine Lust, noch einmal zu sitzen, so gut es mir verhältnismäßig gegangen ist. Also, wenn du so freundlich sein willst – *(überreicht ihm das Gesuch).*

Flint. Bewilligt. Ich trage jede Verantwortung. Es liegt kein Anlaß vor, daß du dem Ruf des Prinzen Konstantin nicht auf der Stelle Folge leisten könntest. Ich verbürge mich mit meinem Wort, daß keinerlei Folgen strafrechtlicher Natur für dich daraus resultieren werden. Genügt dir das?

Bernhardi. Es könnte diesmal wohl genügen, da ja in diesem Fall das Worthalten mit keinerlei Unannehmlichkeiten für dich verbunden sein dürfte.

Flint. Bernhardi!

Bernhardi. Exzellenz?

Flint *(gleich gefaßt).* Nun, kenn ich dich, mein Lieber? Wüßt' ich nicht sofort, daß du nicht um des Prinzen Konstantin willen gekommen bist? Aber es ist gut so. Wir wollen einmal von der Sache reden, auf die du anspielst. Ich hätte dir's ohnehin nicht ersparen können. Also, des Wortbruches zeihst du mich.

Bernhardi. Jawohl, mein lieber Flint.

Flint. Und weißt du, was ich dir erwidere? Daß ich niemals ein Wort gebrochen habe. Denn ich hatte dir nie ein anderes gegeben als dies: für dich einzutreten. Und das konnte ich nicht besser tun, als indem ich die prozessuale Klarheit deines Falles anstrebte und durchsetzte. Ferner: selbst wenn ich das getan hätte, was du nennst „ein Wort zu brechen“, wäre es töricht von dir, mir daraus einen Vorwurf zu machen, denn du warst verloren, auch für den Fall, daß ich mein Wort gehalten hätte. Schon lag eine private Anzeige vor, und die Untersuchung gegen dich war nicht mehr aufzuhalten. Endlich aber – begreif es doch, daß es Höheres gibt im öffentlichen Leben, als ein Wort zu halten oder was du so nennst. Und das ist: sein Ziel im Aug behalten, sein Werk sich nicht entwinden lassen. Das aber habe ich niemals tiefer gefühlt als in jenem merkwürdigen Augenblick, da ich, im Begriff deine Partei zu nehmen, den Unmut, das Mißtrauen, die Erbitterung des Parlamentes immer näher an mich heranbrausen fühlte, und es mir gelang, mit einer glücklichen Wendung den drohenden Sturm zu beschwichtigen, die Wogen zu glätten und Herr der Situation zu sein.

Bernhardi. Wendung, das stimmt.

Flint. Mein bester Bernhardi, ich hatte nur die Wahl, wie ich in jenem Augenblick blitzartig erkannte, mit dir in einen Abgrund zu stürzen, also eine Art von Verbrechen an mir, meiner Mission, vielleicht an dem Staat zu begehen, der meiner Dienste bedarf, oder – einen Menschen preiszugeben, der ohnedies verloren war; dafür aber in der Lage zu sein, neue wissenschaftliche Institute zu bauen, die Studienordnung der verschiedenen Fakultäten in einer dem modernen Geist entsprechenden Weise umzugestalten, die Volksgesundheit zu heben und auf den verschiedensten Gebieten unseres Geisteslebens Reformen durchzuführen oder wenigstens vorzubereiten, die, wie du mir selbst später einmal zugeben wirst, mit zwei Monaten eines nicht sonderlich schweren Kerkers nicht zu teuer bezahlt sein dürften. Denn du wirst hoffentlich nicht glauben, daß dein Märtyrertum mir besonders imponiert. Ja, wenn du für irgend was Großes, für eine Idee, für dein Vaterland, für deinen Glauben all die verschiedenen Unannehmlichkeiten auf dich genommen hättest, die nun durch allerlei kleine Triumphe schon längst aufgewogen sind, dann vermöchte ich Respekt vor dir zu empfinden. Aber ich sehe in deinem ganzen Benehmen, – als alter Freund darf ich es dir wohl sagen –, nichts als eine Tragikomödie des Eigensinns, und erlaube mir überdies zu bezweifeln, daß du sie mit der gleichen Konsequenz durchgeführt hättest, wenn heute noch in Österreich die Scheiterhaufen gen Himmel lohten.

Bernhardi *sieht ihn eine Weile an, dann beginnt er zu applaudieren.*

Flint. Was fällt dir ein?

Bernhardi. Ich dachte, es würde dir fehlen.

Flint. Und anders als mit diesem mäßigen Spaß vermagst du mir nicht zu erwidern?

Bernhardi. Was dir zu entgegnen wäre, weißt du geradesogut als ich selbst; ich glaube sogar, – als alter Freund darf ich dir das wohl sagen –, du vermöchtest das mit bessern Worten als ich. Also, welchen Sinn hätte es, dir zu erwidern, hier unter vier Augen?

Flint. Ach so. So, so. Nun, du darfst nicht etwa glauben, daß es im Ministerium nicht bekannt ist, mit welchen Absichten du dich trägst. Ich frage mich nur, was dich unter diesen Umständen veranlassen konnte, mich durch die Ehre deines persönlichen Besuches auszuzeichnen? Denn wegen des Prinzen Konstantin –

Bernhardi. Vielleicht war ich etwas zu gründlich, mein Lieber. Es mußte mich begreiflicherweise interessieren, was du zur Erklärung deines Verhaltens mir gegenüber vorbringen könntest. Und diese Unterhaltung zwischen der Exzellenz und dem entlassenen Kerkersträfling gäbe ein ganz wirksames Schlußkapitel für ein gewisses Buch, wenn es der Mühe wert wäre, es zu schreiben.

Flint. Oh, ich hoffe, du läßt dich nicht abhalten. Es könnte ja gleich als deine Kandidatenrede gelten.

Bernhardi. Kandidatenrede?

Flint. Ach, es ist gewiß nur eine Frage von Tagen oder Stunden, daß man dir ein Mandat anbietet.

Bernhardi. Mein lieber Flint, die Politik gedenke ich auch weiterhin dir ganz allein zu überlassen.

Flint. Politik! Politik! Wenn ihr mich nur endlich damit in Ruhe ließet. Der Teufel hole die Politik. Ich habe das Portefeuille angenommen, einfach weil ich weiß, daß kein anderer da ist, der das heute in Österreich machen kann, was endlich gemacht werden muß. Aber wenn es mir vielleicht auch bestimmt ist, eine neue Epoche einzuleiten, in meiner Existenz werden diese paar Ministerjahre – oder -monate nur eine Episode bleiben. Das hab ich immer gewußt und fühle es stärker von Tag zu Tag. Ich bin Arzt, Lehrer, ich sehne mich nach Kranken, nach Studenten. –

Hofrat tritt ein. Flint, Bernhardi.

Hofrat. Ich bitte vielmals um Entschuldigung, Exzellenz, daß ich so frei bin, – aber ich erhalte soeben eine äußerst wichtige Mitteilung aus dem Justizministerium, und da sie überdies auf die Affäre des Herrn Professor Bezug hat –

Bernhardi. Auf meine?

Hofrat. Jawohl. Nämlich, die Schwester Ludmilla, die Kronzeugin in Ihrer Affäre, hat eine Eingabe gemacht, in der sie sich selbst der falschen Zeugenaussage in Ihrem Prozeß bezichtigt.

Bernhardi. Sich selbst. –

Flint. Ja, was ist denn da – – –

Hofrat. Herr Sektionsrat Bermann vom Justizministerium wird sich in kürzester Zeit hier einfinden, um persönlich genauen Bericht zu erstatten. An der Tatsache ist ein Zweifel keineswegs mehr zulässig. Die Eingabe der Schwester liegt vor.

Flint. Liegt vor?

Hofrat. Und Herr Professor werden selbstverständlich sofort eine Wiederaufnahme des Verfahrens verlangen.

Bernhardi. Wiederaufnahme?

Hofrat. Natürlich.

Bernhardi. Ich denke nicht daran.

Flint. Ah!

Bernhardi. Wozu denn? Soll ich den ganzen Schwindel noch einmal mitmachen? Jetzt in anderer Beleuchtung? Alle vernünftigen Menschen wissen doch, daß ich unschuldig gesessen bin, und die zwei Monate, die nimmt mir ja doch keiner ab.

Flint. Die zwei Monate! Immer diese zwei Monate! Als wenn es darauf ankäme. Hier stehen höhere Werte zur Frage. Du hast kein Rechtsgefühl, Bernhardi.

Bernhardi. Offenbar.

Flint. Wissen Sie schon etwas Näheres, Herr Hofrat?

Hofrat. Nicht sehr viel. Das Sonderbarste an der Sache ist, wie mir der Sektionsrat telephoniert, daß die Schwester Ludmilla, wie sie in ihrem Bericht angibt, das Geständnis ihrer falschen Zeugenaussage zuerst in der Beichte abgelegt hat, und der Beichtvater selbst habe ihr auferlegt, ihre schwere Sünde, soweit es in ihren Kräften steht, wieder gutzumachen.

Flint. Der Beichtvater?

Hofrat. Offenbar hat er keine Ahnung gehabt, um was es sich handelt.

Flint. Warum? Woher wissen Sie das so genau?

Bernhardi. Ich soll noch einmal vor Gericht? Ich bin imstande und stelle der Schwester Ludmilla ein Gutachten aus, daß sie schwer hysterisch und unzurechnungsfähig ist.

Flint. Das sähe dir ähnlich.

Bernhardi. Was ich schon davon habe, wenn diese Person nachträglich eingesperrt wird –

Hofrat. Aber das könnte auch noch wem andern passieren bei dieser Gelegenheit. Es gibt da einen gewissen Herrn Hochroitzpointner, dem dürfte es übel ergehen, um so mehr, als über diesen Herrn auch von anderer Seite das Schicksal hereinzubrechen droht.

Bernhardi. In diesem Fall heißt das Schicksal wohl Kurt Pflugfelder?

Hofrat. Ich glaube.

Flint. Sie sind ja auffallend gut unterrichtet, Herr Hofrat.

Hofrat. Meine Pflicht, Exzellenz.

Bernhardi. Dieser Jämmerling ist doch wirklich nicht so viel Aufwand an Zeit wert. Daß der gute Kurt, der wahrhaftig auch was Besseres zu tun hätte –

Flint *(der hin und her gegangen ist).* In der Beichte. – Das sollte gewisse Leute doch wohl stutzig machen. Es wird sich vielleicht herausstellen, daß die katholischen Gebräuche zuweilen auch für Andersgläubige von ziemlich wohltätigen Folgen begleitet sein könnten.

Bernhardi. Ich verzichte auf die wohltätigen Folgen. Ich will meine Ruhe haben!

Hofrat. Es ist nicht anzunehmen, Herr Professor, daß der weitere Verlauf der Angelegenheit von Ihnen allein abhängen dürfte. Die wird jetzt ihren Weg gehen, auch ohne Sie.

Bernhardi. Es wird ihr nichts anderes übrigbleiben.

Flint. Ich möchte mir doch erlauben, dich aufmerksam zu machen, Bernhardi, daß es sich in dieser Sache nicht ausschließlich um deine Bequemlichkeit handelt. Und es würde einen kuriosen Eindruck machen, wenn du jetzt, wo dir der korrekte Weg vorgezeichnet ist, zu deinem Recht zu gelangen, einen andern, deiner vielleicht weniger würdigen einschlügest und dich mit Leuten aller Art einließest, Reportern und –

Bernhardi. Ich schlage überhaupt keinen Weg mehr ein. Ich habe genug. Für mich ist diese Angelegenheit erledigt.

Flint. Ei, ei.

Bernhardi. Vollkommen erledigt.

Flint. So plötzlich? Und es hieß doch sogar, du wolltest über die Angelegenheit eine Broschüre schreiben oder gar ein Buch. Nicht wahr, Hofrat, man erzählte doch –

Bernhardi. Ich sehe ein, daß es nicht mehr notwendig ist. – Und wenn es zu einem zweiten Prozeß kommt, meine Aussage aus dem ersten liegt vor, ich habe ihr nichts hinzuzufügen. Auf die Vorladung des Herrn Ministers verzichte ich.

Flint. Ach so. Aber du wirst schwerlich etwas dagegen tun können, wenn ich selbst es für richtig erachten sollte, vor Gericht zu erscheinen. Man wird es verstehen, sogar du, Bernhardi, wirst es am Ende verstehen müssen, daß meine Tendenz von Anfang an nach keiner andern Richtung ging, als Klarheit zu schaffen. Der erste Prozeß war eine Notwendigkeit; – denn wie konnten wir sonst zum zweiten gelangen, der erst völlige Klarheit bringen wird. Und es ist vielleicht ganz gut, mein lieber Bernhardi, sein Pulver nicht allzufrüh zu verschießen.

(Deutet auf seine Brusttasche.)

Bernhardi. Was ist das?

Flint. Ein Brief, mein Lieber. Ein gewisser Brief, der vielleicht noch seine Dienste tun wird in dem Kampf, der uns bevorsteht. Dein Brief!

Bernhardi. Ah, mein Brief. Ich dachte schon, es wäre dein Artikel.

Flint. Was für –

Bernhardi. Nun, der berühmte aus deiner Assistentenzeit – „Gotteshäuser – Krankenhäuser" –

Flint. Ah so –

Hofrat *fragende Gebärde.*

Flint. Ja, lieber Hofrat, einer aus meiner – revolutionären Zeit. Wenn er Sie interessiert, so will ich ihn gern einmal hervorsuchen und –

Bernhardi. Er existiert?

Flint *(sich an die Stirne greifend).* Nein, was es für Erinnerungstäuschungen gibt, – ich habe ihn ja nie geschrieben, – aber wer weiß, vielleicht komme ich demnächst in die Lage, – ihn zu sprechen.

Diener *(tritt ein).* Herr Sektionsrat Bermann möchte Seine Exzellenz persönlich –

Flint. Ah! *(Zu Bernhardi.)* Willst du vielleicht die Freundlichkeit haben, dich noch ein wenig zu gedulden?

Bernhardi. Ja, der Prinz Konstantin –

Flint. Hat zwei Monate auf dich gewartet. Es wird ihm nicht auf die halbe Stunde ankommen. Halten Sie ihn mir zurück, bester Herr Hofrat. Es könnte sich vielleicht die Notwendigkeit ergeben, über ein gemeinsames Vorgehen zu beraten. Also, Bernhardi, die kleine Gefälligkeit kann ich wohl von dir verlangen. *(Ab.)*

Hofrat, Bernhardi.

Hofrat. Herr Professor sind zum Prinzen Konstantin berufen worden? Heut schon? Das sieht ihm ähnlich!

Bernhardi. Ich werde nur hingehen, ihn bitten, auf meinen ärztlichen Rat für die nächste Zeit zu verzichten. Vor dem, was sich jetzt zu entwickeln scheint, ergreife ich die Flucht.

Hofrat. Ich fürchte nur, da werden Sie länger ausbleiben müssen, als Ihren zahlreichen Patienten angenehm sein dürfte. Denn jetzt fängt die Geschichte erst an, Herr Professor, – und sie kann lang dauern!

Bernhardi. Ja, was soll ich nur tun?

Hofrat. Man gewöhnt's. Mit der Zeit wird man sogar stolz darauf.

Bernhardi. Stolz? Ich? Sie können sich ja gar nicht vorstellen, Herr Hofrat, wie lächerlich ich mir eigentlich vorkomme. Heute früh schon, – der Empfang an der Kerkertür! und der Artikel in den Neuesten Nachrichten –, haben Sie ihn gelesen? Ich habe mich wahrhaftig geschämt, – und allerlei Pläne sind in diesem lauen Gefühl des Lächerlichwerdens verronnen.

Hofrat. Pläne –? Ah, Sie meinen – Ihr Buch.

Bernhardi. Nicht gerade das. – Mit dem ist es mir schon in einem früheren Stadium der Angelegenheit ähnlich ergangen. Als ich mich daranmachte, es zu schreiben, in der beschaulichen Zurückgezogenheit meiner Haft, da habe ich noch einen ganz tüchtigen Zorn in mir gehabt, aber im Lauf der Arbeit verrauchte der mehr und mehr. Aus der Anklageschrift gegen Flint und Genossen wurde allmählich, – ich könnte selber gar nicht recht sagen wie –, vielleicht in der Erinnerung an ein ganz bestimmtes Erlebnis –, so was wie ein philosophischer Traktat.

Hofrat. Davon wird Ihr Verleger weniger Freud' haben.

Bernhardi. Das Problem war nicht mehr österreichische Politik oder Politik überhaupt, sondern es handelte sich plötzlich um allgemein ethische Dinge, um Verantwortung und Offenbarung, und im letzten Sinn um die Frage der Willensfreiheit. –

Hofrat. Ja, darauf läuft's am Ende immer hinaus, wenn man den Dingen auf den Grund geht. Aber 's ist besser, man bremst früher, sonst passiert's einem eines schönen Tags, daß man anfangt, alles zu verstehen und zu verzeihen, – und wenn man nicht mehr lieben und hassen darf, – wo bleibt dann der Reiz des Lebens?

Bernhardi. Man liebt und haßt doch weiter, lieber Hofrat! Aber jedenfalls können Sie sich denken, daß in meinem Buch für Seine Exzellenz den Minister Flint nicht mehr viel Raum übrig war. Und da habe ich mir vorgenommen, wenn er schon nicht zu lesen bekommt, was ich gegen ihn auf dem Herzen habe, so soll er's doch wenigstens hören.

Hofrat. Darum also haben wir das Vergnügen?

Bernhardi. Ja, es war meine Absicht, ihm ins Gesicht zu sagen – na, Sie können sich ungefähr denken, was. Noch heute früh, als ich zum letztenmal im Gefängnis erwachte, war es meine Absicht. Aber da kam die Ovation und der Leitartikel und Briefe, die ich zu Hause fand, und da hab ich nur getrachtet, meinem alten Freund möglichst rasch wieder gegenüberzutreten, um wenigstens für die große Abrechnung noch den nötigen Ernst zur Verfügung zu haben. Aber wie ich ihm endlich gegenüberstand, da ist auch der letzte Rest von Groll in mir verlöscht. Sie hätten ihn nur hören sollen –! Ich konnte ihm unmöglich böse sein. Fast glaub ich, ich bin's ihm nie gewesen.

Hofrat. Der Minister hat Sie auch immer gern gehabt. Ich versichere Sie!

Bernhardi. Und jetzt noch die Geschichte mit der Schwester Ludmilla – und die in Aussicht stehende Revision, also, Sie werden begreifen, Herr Hofrat, daß ich, um überhaupt zu mir selbst zu kommen und wieder Respekt vor mir zu kriegen, vor all dem Lärm entfliehen muß, der sich jetzt rings um mich erhebt, einfach weil die Leute allmählich drauf kommen, daß ich recht gehabt habe.

Hofrat. Aber Herr Professor, was fallt Ihnen denn ein? Vom Rechthaben ist noch keiner populär geworden. Nur wenn es irgendeiner politischen Partei in den Kram paßt, daß er recht hat, dann passiert ihm das – Und nebenbei, Herr Professor, ist das ja nur eine Einbildung von Ihnen, daß Sie recht gehabt haben.

Bernhardi. Was, Herr Hof rat? Einbildung, daß ich – Habe ich Sie richtig verstanden?

Hofrat. Ich glaub schon.

Bernhardi. Sie finden, Herr Hofrat –? Das müssen Sie mir doch gefälligst erklären. Ihrer Ansicht nach hätt' ich Seine Hochwürden –

Hofrat. Allerdings hätten Sie, mein verehrter Herr Professor! Denn zum Reformator sind Sie ja wahrscheinlich nicht geboren.

Bernhardi. Reformator –? Aber ich bitte Sie –

Hofrat. So wenig wie ich. – Das dürfte wohl daran liegen, daß wir uns doch innerlich nicht bereit fühlen, bis in die letzten Konsequenzen zu gehn – und eventuell selbst unser Leben einzusetzen für unsere Überzeugung. Und darum ist es das Beste, ja das einzig Anständige, wenn unsereiner sich in solche – G'schichten gar nicht hineinmischt. –

Bernhardi. Aber –

Hofrat. Es kommt nichts heraus dabei. Was hätten Sie denn am End damit erreicht, mein lieber Professor, wenn Sie der armen Person auf dem Sterbebett einen letzten Schrecken erspart hätten –? Das kommt mir grad so vor, wie wenn einer die soziale Frage lösen wollte, indem er einem armen Teufel eine Villa zum Präsent macht.

Bernhardi. Sie vergessen nur das eine, lieber Herr Hofrat, wie die meisten übrigen Leute, daß ich ja nicht im entferntesten daran gedacht habe, irgendeine Frage lösen zu wollen. Ich habe einfach in einem ganz speziellen Fall getan, was ich für das Richtige hielt.

Hofrat. Das war eben das Gefehlte. Wenn man immerfort das Richtige täte, oder vielmehr, wenn man nur einmal in der Früh, so ohne sich's weiter zu überlegen, anfing', das Richtige zu tun und so in einem fort den ganzen Tag lang das Richtige, so säße man sicher noch vorm Nachtmahl im Kriminal.

Bernhardi. Und soll ich Ihnen etwas sagen, Herr Hofrat? Sie in meinem Fall hätten genau so gehandelt.

Hofrat. Möglich. – Da war ich halt, – entschuldigen schon, Herr Professor, – grad so ein Viech gewesen wie Sie.

Vorhang.